________________________ 님께 드립니다.

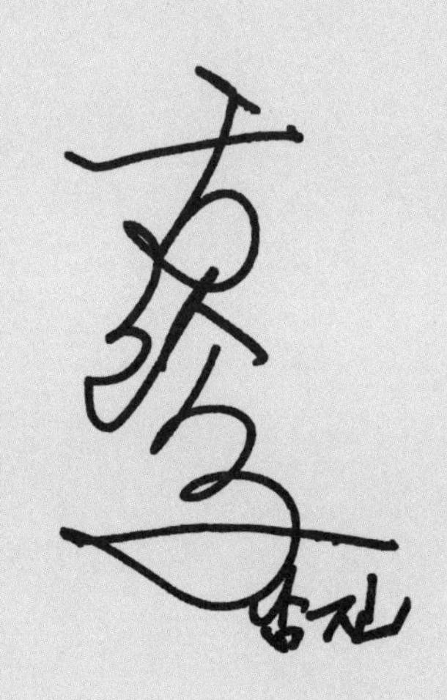

오빠, 남진

오빠, 남진

초판 1쇄 2024년 6월 1일

지은이 온테이블
발행인 유철상
책임편집 구완회
편집 허윤
디자인 여혜영
마케팅 조종삼, 김소희
콘텐츠 강한나

펴낸곳 상상출판
출판등록 2009년 9월 22일(제305-2010-02호)
주소 서울특별시 성동구 뚝섬로17가길 48, 성수에이원센터 1205호(성수동2가)
전화 02-963-9891(편집), 070-7727-6853(마케팅)
팩스 02-963-9892
전자우편 sangsang9892@gmail.com
홈페이지 www.esangsang.co.kr
블로그 blog.naver.com/sangsang_pub
찍은 곳 다라니
종이 ㈜월드페이퍼

ISBN 979-11-6782-196-6(03810)

오빠, 남진

남진을 통해 본 한국 대중음악사

상상출판

지금까지 인연을 생각하면

참 감사한 마음이 들어요.

그 인연들 덕분에

내가 이만큼 잘 살아왔구나,

나는 참 행운아구나, 늘 생각하죠.

젊을 때도 음악을 좋아했지만

너무 바빠서 몸 절반쯤만 담갔다면

지금은 노랫말 한 소절 한 소절에

몸 전체를 푹 담그고 싶어요.

프롤로그

왜 이제 와서 '남진'인가

우리 대중음악은 탄생부터 현재까지 대중과 함께 호흡하며 웃음과 눈물로 그들의 삶을 위로해왔다. 거기에는 식민지와 해방, 전쟁과 냉전, 민주화와 산업화로 이어지는 현대사의 굴곡이 고스란히 담겨 있다.

일제강점기에 형성된 한국 대중음악은 일제 말 태평양 전쟁 시기 암흑기를 맞았다가, 해방 후 재건에 성공했으나 독재 정권에 의해 수난을 당했다. 하지만 민주화와 산업화를 거치면서 도약을 거듭해 이제는 전 세계 한류 열풍을 이끌고 있다. 이 과정에서 서양 음악과 일본 음악의 전래, 주한미군과 팝 음악의 보급, TV 방송의 탄생과 발전, 베트남 전쟁과 청년 문화의 폭발, 대마초 파동과 방송 통폐합, 민주화와 신세대 문화의 등장 등 굵직굵직한 사건들이 영향을 끼쳤다. 한마디로 우리 대중음악은 대한민국 현대사의 소용돌이 속에서 진화를 거듭해온 것이다.

그리고 그 태풍의 눈에 '가수 남진'이 있었다.

다큐멘터리 영화 〈남진, 대한민국의 오빠〉는 남진이라는 렌즈를 통해 본 한국 대중음악의 이야기이자, 한국 대중음악 역사를 통해 남진이라는 가수를 이해하기 위한 시도였다.

남진은 해방둥이로 태어나 1960년대 데뷔해 70년대 전성기를 맞았다. 대한민국 가수 최초로 '오빠 부대'를 몰고 다니던 그는 방송 통폐합으로 상징되는 제5공화국 시절 슬럼프를 겪었으나, 민주화 이후 재기에 성공해 21세기에도 전성기 못지않은 활동을 이어가고 있다. 남진의 음악 인생이 우리나라 대중음악사와 그대로 겹치는 셈이다.

대한민국 국민이라면 모르는 사람이 없는 남진이지만, 막상 그의 음악 인생을 제대로 아는 사람은 드물다. 가수 남진에 대한 다큐멘터리 영화를 제작한다고 하자, 많은 이들이 이렇게 물었다.

"왜, 이제 와서 남진인가?"

아무리 활발하게 활동하고 있다지만, 이미 수십 년 전 전성기를 지난 가수를 지금에야 다큐멘터리로 다룬다니 뭔가 석연치 않은 모양이다. 이는 전 국민이 모두 알고 있는 남진에게 특별히 더 알아야 할 게 뭐가 남아있겠느냐는 반문이기도 하다. 이런 질문에 이렇게 대답하고 싶다.

"그렇기에, 이제라도 남진"이라고.

가수 남진은 우리 대중음악의 고전이다. 세월이 지날수록 빛을 발한다는 점이 그렇고, 모두가 안다고 여기지만 대부분 제대로 모른다는 점 또한 그렇다. 우리도 그랬다. 다큐멘터리 제작을 위해 자료를 뒤지고 인터뷰를 거듭할수록 우리는 가수 남진에 대해 얼마나 모르고 있는가를 알게 되었다. 또한 우리 대중음악사 관련 자료들이 생각보다 아주 적다는 사실에 놀랐다. 이는 식민지와 전쟁을 겪고 고도성장을 이루면서 기록을 남기는 데 소홀할 수밖에 없었던 사정과 도 연관 있을 것이다. 우리는 한국 대중음악사의 잊힌 페이지를 기록하는 심정으로 영화를 만들고, 영화에서 미처 다루지 못한 내용을 더해 책으로 엮었다.

데뷔 이후 60년 가까운 세월을 대중음악과 함께 보낸 남진은 자신의 음악 인생을 '인연과 행운'으로 설명한다.

"세상은 운칠기삼(運七技三)이라는 말이 있죠. 그런데 생각해보면 그 운은 또 인연이 주는 거야. 사람이 세상에 태어나는 것부터 떠나는 날까지 모든 게 인연이에요. 부모를 만난 게 첫 인연이고, 그다음에 형제와 친구, 또 나이를 먹어서 부부가 되고, 자식 낳고 이게 인연이잖아요. 내가 만나고 싶어서 만난 건 단 하나도 없어요. 다 하늘이 준 인연이죠. 지금까지 제 인생을 만들어준 인연을 생각하면 참 감사한 마음이 들어요. 그 인연들 덕분에 내가 이만큼 잘 살아왔구나, 나는 참 행운아구나, 늘 생각하죠."

이 책이 독자 여러분께 가수 남진과 우리 대중음악을 새롭게 보게 되는 인연과 행운이 되길 바란다.

2024년 5월
온테이블

차 례

1

오빠는 풍각쟁이

한국 대중음악의 태동

"아, 이놈아! 세상 하고 많은 직업 중에 할 게 없어서 고작 풍각쟁이를 할라고 그러냐…."

늦둥이 아들이 자기 몰래 가수가 되었다는 사실에 충격을 받은 남진의 부친 김문옥의 일성이었다. 19세기 말(1896)에 태어난 그에게 대중 앞에서 노래하는 직업이란 가수도, 연예인도, 딴따라도 아닌 한낱 풍각쟁이에 불과한 거였다.

'풍각쟁이'란 '시장이나 남의 집 문전으로 돌아다니며 노래를 부르거나 악기를 연주하여 돈을 구걸하는 사람을 얕잡아 이르는 말'이다. 조선 후기 유행한 사당패, 광대패 등 연희 집단 가운데 악기 연주와 노래를 전문으로 하는 이들을 가리켰다. 풍각쟁이들이 활동하던 때는 아직 한반도에 대중음악이 태어나기 이전이었다.

대중음악 시대가 열리다

대중음악의 가장 중요한 전제 조건은 대중이다. 하지만 많은 사람이 모여 있다고 대중이 되는 건 아니다. 대중에는 '대량 생산과 대량 소비를 특징으로 하는 현대 사회를 구성하는 다수의 사람'이란 사회적 의미까지 포함하고 있기 때문이다. 따라서 대중은 산업화와 자본주의화 이후에 출현했다고 말할 수 있다. 우리나라의 경우 개항을 통한 근대화, 특히 1894년 갑오개혁으로 신분제가 철폐된 후 등장했다고 본다.

19세기를 지나면서 우리 전통 음악에도 변화의 바람이 분다. 이전까지 왕을 위한 궁중음악과 중인 이상 지배층이 즐기던 가곡, 서민들의 잡가 등이 엄격하게 구분되어 있었는데, 신분제가 폐지되고 근대식 극장과 대중매체가 등장하면서 이런 구분이 사라지게 된 것이다. 그러면서 판소리와 잡가에 능한 전문 소리꾼이 국왕에서 천민까지 모두의 사랑을 받게 되었다.

19세기 후반에는 대중매체가 등장했다. 1877년 에디슨이 발명한 유성기가 약 20년 뒤에 한반도로 들어온 것이다. 당시 유성기의 숫자는 적었지만, 사람들을 모아 음악을 들려주고 돈을 받는 '유성기 시청회'가 유행하면서 유성기는 대중매체의 역할을 톡톡히 하게 되었다.

1907년 국내 최초의 상업 음반이 제작되고, 1927년 라디오 방송을 시작하면서 명실상부한 대중음악 시대가 열렸다.

ⓒ국립민속박물관

전통과 외래가 만나 대중음악으로

하늘 아래 완전히 새로운 것은 없다. 미국 대중음악이 유럽 음악, 아프리카 음악, 라틴 음악 등에 뿌리를 두고 발전한 것처럼, 우리 대중음악도 여러 음악의 상호작용 속에서 형성되었다. 그중 한국 전통 음악, 서양 음악, 일본 음악이 중요한 세 가지 원천이 되었다.[1] 이렇게 여러 음악이 서로 영향을 주고받으면서 우리만의 독특한 대중음악이 만들어졌다.

여기서 주의해야 할 점은 우리 대중음악이 서양이나 일본 음악의 일방적인 영향 아래 태어난 게 아니라는 사실이다. 원래 음악을 비롯한 모든 문화가 그러하다. 귤이 회수를 건너면 탱자가 되듯, 음악 또한 새로운 장소로 옮겨 가면 다른 모습으로 변하게 마련이다. 서로 만나서 뒤섞여 새로운 모습으로 태어나는 것이야말로 문화의 속성이기 때문이다.

19세기에 이미 변화를 겪고 있었던 전통 음악은 우리 대중음악이 탄생하는 데 큰 영향을 주었다. 외래 음악의 영향을 받은 전통 음악이 대중음악으로 변신하게 된 것이다. 대표적인 예가 민요풍의 창작 대중가요인 '신민요'다. 1926년 나운규의 영화 〈아리랑〉이 전국적인 흥행에 성공하면서 주제가 '아리랑' 또한 인기를 끌었다. 그런데 영화 주제가 '아리랑'은 전통민요 아리랑을 바탕으로 새롭게 만들어진 신민요였다. 이후 아리랑은 다양한 스타일로 편곡되어 음반으로 발매되면서 신민요가 대중음악의 갈래로 정착하는 데 중요한 역할을 했다.[2]

전통 음악 다음으로 대중음악에 영향을 준 것은 서양 음악이었다. 선교사들이 세운 학교와 교회 그리고 대한제국 군악대 등을 통해 도입된 서양 음악은 창가와 찬송가, 군가의 형태로 우리 대중음악에 영향을 끼쳤다.[3]

그 뒤를 이은 일본 음악은 일본의 전통 음악이라기보다 '일본이 받아들인 서양 음악'에 더 가까웠다. 일본 노래의 번안 가요로 큰 인기를 끌었던 '이 풍진 세월'은 원래 일본에서 선박 사고로 목숨을 잃은 중학생들을 추모하기 위해 교사가 만든 곡이었다. 하지만 이 곡의 멜로디는 서양 찬송가 'When we are at home'에서 가져왔다. 서양 음악이 일본을 거쳐 우리 대중음악으로 정착한 셈이다.

일제강점기,
대중음악 장르가 생겨나다

여러 음악에 뿌리를 두고 있던 우리 대중음악은 여러 갈래로 줄기를 뻗었다. 일제강점기에 형성된 초창기 대중음악은 크게 신민요와 트로트, 재즈송, 만요 등 네 개의 장르로 나눌 수 있다.[4] 이 가운데 신민요와 트로트가 양강 구도를 형성했는데, 둘은 서로 영향을 주고받기도 했다.[5]

'새로운 민요'라는 뜻의 신민요는 기존의 민요를 대중가요화한 장르다. 자연 발생적으로 생겨난 것이 아니라, 작곡 · 작사가가 따로 있다는 점에서 전통민요와 다르다. 신민요라는 장르명이 처음 음반에 등장하는 건 1930년대다. 무대에서 배우들이 흔히 부르다가, 전통민요에 익숙한 기생들이 '민요조 유행 가수'로 본격 진출하면서 신민요는 트로트를 능가하는 인기를 끌었다고 한다.[6]

신민요보다 먼저 인기를 끌었던 트로트는 당시 일본에서 유행하던 대중음악의 영향으로 생겨난 장르였다. 처음에는 일본 유행가들이 번안곡 형태로 들어왔는데, 1932년 '황성의 적'(왕평 작사, 전수린 작곡, 이애리수 노래)이 음반으로 발매되고 인기를 끌면서 트로트 시대가 열렸다.

이 노래는 1941년 당대 최고의 인기 가수 남인수가 '황성옛터'라는 곡명으로 다시 불러 유명해졌다. 이 무렵 비슷한 트로트 곡들이 얼마나 많이 쏟아져 나왔던지 "늘 같은 노래와 비슷비슷한 멜로디의 범람"을 문제 삼는 신문 기사가 나올 정도였다.[7]

재즈송은 재즈뿐 아니라 미국에서 유행한 팝송이나 샹송, 라틴 음악 같은 서양 대중음악의 영향을 받아 만들어진 노래를 뭉뚱그려 가리킨다.[8] 특히 20세기 초반에 전 세계를 강타한 재즈의 물결이 식민지 조선에까지 밀려들면서 인기를 끌었다.

경성 등 도시를 중심으로 젊은이들 사이에서 유행했으며, 이국적인 정취와 향락을 노래한 곡들이 많았다. 가사에 외래어를 섞어 쓰는 것도 특징이었다. '청춘계급'(1938)은 "밤새도록 술을 마시고 춤을 추자"는 가사에 '소네타, 아폴로, 보드카, 에로이카' 등 외래어를 사용했다.[9]

만요는 일종의 '코믹송'이다. 당시 유행했던 희극 '만담'에서 나온 이름으로 가사에 해학과 풍자를 담았다.[10] 음악 스타일은 신민요와 트로트, 재즈송 등 다양했다. 미국 팝송의 멜로디에 재미난 가사를 붙인 '유쾌한 시골 영감'(범오 작사, 외국 곡, 강홍식 노래)은 훗날 코미

일제강점기 조선악극단 공연 모습 ©독립기념관

디언 서영춘이 '시골영감'이라는 제목으로 다시 불러 큰 인기를 얻었다. 당시 '왕서방 연서', '오빠는 풍각쟁이', '엉터리 대학생' 등이 대중에게 큰 사랑을 받았다.

'유행가'에서 '트로트'로

초창기 대중음악의 갈래 중 트로트의 위상은 좀 독특하다. 일제강점기의 트로트는 1910년대 미국에서 만들어진 폭스트롯(Foxtrot)이라는 댄스 리듬을 가리켰다. 왈츠나 탱고, 룸바, 차차차 등과 같은 범주였다. 1936년 이난영이 발표한 음반에는 '낙화의 눈물'이란 제목 위에 '폭스트롯'이라고 적었다. 이는 같은 음반 뒷면에 수록된 '님 사는 마을'의 '탱고'처럼 리듬을 표시한 것이다. 신민요와 재즈송, 만요 등은 당시부터 쓰이던 장르명이었으나, 트로트는 그렇지 않았다는 말이다.

'황성의 적'으로 시작된 트로트 노래들은 당시만 해도 트로트가 아닌 '유행가'라고 불렸다. 전통민요에서 시작한 대중가요를 신민요, 서양 음악의 영향을 받은 노래를 재즈송이라 부른 것처럼 일본 음악의 영향으로 새롭게 등장한 가요를 유행가라고 부른 것이다.

흔히 '트로트의 원조'로 불리는 일본 엔카도 사정이 비슷했다. 서양 음악의 영향으로 일본의 대중음악이 형성되던 1920~30년대에 엔카는 장르명이 아니었다. 원래 엔카(演歌)는 메이지 시대 자유민권사상을 보급하기 위해 썼던 연설을 노래로 만든 엔제쓰카(演説歌)를 의미했다. 오늘날 대중음악 갈래를 가리키는 엔카와는 전혀 달랐다. '엔카의 아버지'로 불리는 고가 마사오(1904~1978)가 만든 수백 곡의 노래들은 당시 엔카가 아니라 '류코카(유행가)'였다. 우리나라에 음악 스타일과 함께 유행가라는 이름까지 들어온 셈이다.[11]

트로트가 장르명으로 쓰이기 시작한 것은 1950년대로 추정된다. 이때 전국적으로 '춤바람'이 불면서 대중가요 음반에 트로트를 표기하는 일이 대폭 늘어났다(당시 상황을 잘 보여주는 것이 소설과 영화로 큰 인기를 끈 '자유부인'이다). 그러다 1960년대가 되면 트로트를 장르명으로 사용하는 신문 기사가 등장한다. 리듬명이었던 트로트가 장르명으로 진화하면서 이전에 유행가라고 불리던 노래들까지 포괄하게 되었다고 볼 수 있다. 일본 엔카도 1960년대 장르명으로 변화하면서 트로트와 비슷한 길을 걸었다.[12]

‘오빠는 풍각쟁이’

일제강점기 여가수 박향림(1921~1946)이 1938년 컬럼비아레코드를 통해 취입한 노래다. 그 시절 대표적 대중음악인이자 가수 이난영의 남편이었던 김해송이 작곡했다. 중상층 집안의 남매를 풍자했는데, “불고기 떡볶이는 혼자만 먹고/ 오이지 콩나물만 나한테 주구/ 오빠는 욕심쟁이 오빠는 심술쟁이” 등 당시로서는 상당히 파격적인 가사를 담았다. 이 노래는 코믹한 가사, 흥겨운 멜로디에 가수의 타고난 노래 솜씨가 어우러져 큰 인기를 끌었다.

박향림은 이난영 등과 함께 1939년 우리나라 최초의 걸그룹이라 할 수 있는 ‘저고리 시스터즈’를 결성했는데, 이듬해에는 남성들로 구성된 ‘아리랑 보이즈’가 등장하기도 했다. 저고리 시스터즈는 광복 이후 해체되었고, 박향림은 1946년 출산한 직후에 강원도 홍천군에서 열린 공연에 참가했다가 산후병으로 25세의 젊은 나이에 생을 마감했다.

by 박향림

2

목포의 눈물

해방둥이 김남진, 목포에서 태어나다

남진은 자신이 나고 자란 고향 목포를 이렇게 설명한다.

"목포는 원래 작고 한적한 포구 마을이었어요. 그러다 일제강점기를 거치면서 큰 도시가 되었죠. 유달산 일대 구시가지는 원래 바다였는데, 일본인들이 간척 사업으로 땅을 만들었다고 합니다. 또 목포는 목화 재배지로 유명했어요. 목포의 목(木)이 목화를 뜻한다는 말이 있을 정도로요. 포(浦)는 항구란 뜻이죠. 그러니까 목포란 '목화솜을 실어 내던 항구'가 되는 거예요. 실제로 이 일대에서 생산한 목화솜을 목포항에서 일본으로 실어 갔는데, 덕분에 목포는 일제강점기 때 손꼽히는 대도시가 되었답니다."

그의 말처럼 목포는 일제강점기 시절에 번영한 도시였다. 목포는 서울을 거쳐 신의주까지 한반도 남북을 잇는 국도 제1호선의 출발지였으며, 1935년에는 인구 6만을 넘기면서 전국 6대 도시로 이름을 올렸다.

하지만 화려함 뒤에 숨은 아픔도 있었다. 목포항은 면화를 비롯한 여러 물자를 일본으로 수탈해가는 전진기지였던 탓이다. 당대 최고의 가수로 꼽히는 이난영이 '목포의 눈물'을 노래한 것은 우연이 아니었다.

'삼백 년 한을 품은' 목포의 눈물

1935년 음반으로 발매된 '목포의 눈물'(문일석 작사, 손목인 작곡, 이난영 노래)은 지금까지도 많은 이들에게 사랑받는 우리 대중음악의 고전이다. 당시 오케레코드[13]가 주최하고 조선일보가 후원한 제1회 향토 찬가 현상 공모에서 당선된 가사에 곡을 붙여 만들었다. 무명 시인이었던 문일석이 지은 가사에, 한 해 전 '타향살이'를 히트시킨 신예 작곡가 손목인이 곡을 붙이고, 신인 가수 이난영이 노래를 불렀다. '목포의 눈물'은 발표되자마자 엄청난 인기를 끌었고, 불과 열아홉 살이었던 이난영은 일약 스타가 되었다.

발매 당시 음반에는 신민요라는 장르명이 붙었으나, 전형적인 트로트였다. 특히 우리 음악에 영향을 준 일본 엔카의 특징인 5음계와 2박자[14]를 그대로 따르고 있었다.

하지만 가사는 우리 민족의 현실을 담아냄으로써 동시대인들의 마음을 울렸다. 이는 2절 가사인 "삼백 년 원한 품은 노적봉 밑에 님 자취 완연하다 애달픈 정조"에 분명히 나타나 있다. 목포 유달산 앞 노적봉은 임진왜란 때 이순신 장군이 봉우리에 볏짚을 쌓아 왜군을 속인 곳이었고, 이 노래가 발표될 당시 임진왜란은 약 3백 년 전의 일이었다.

음반사 측에서는 일제가 문제 삼을 것을 우려해 앨범에는 "삼백연 원안풍"이라는 가사로 넣었다. 과연 일제 경찰이 문제 삼아 음반사 사장을 비롯한 관련자들을 소환하자 삼백연 원안풍이라고 주장하여 무사히 풀려날 수 있었다고 한다.[15] 이런 이야기가 퍼지면서 '목포의 눈물'은 더욱 인기를 끌게 되었다.

일제 말기가 되면서 당국의 검열은 더욱 심해졌다. 연예 활동에 대한 감시와 통제도 강화하여 일제가 발급한 기예증명서가 없으면 일체 공연을 할 수 없었다.

태평양 전쟁이 일어난 뒤에는 노골적인 친일을 담은 군국가요 음반만 발매할 수 있었다. 이는 〈지원병의 어머니〉, 〈아들의 혈서〉, 〈결사대의 아내〉 같은 음반 제목만 봐도 알 수 있다. 심지어 빅타와 컬럼비아 같은 레코드 회사는 '적성 국가 언어로 된 이름'이라 하여 회사 명칭까지 바꿔야 했다.[16] 일제강점기에 태어나 성장을 거듭하던 대중음악이 암흑기에 접어든 것이다.

해방둥이 김남진의 탄생과 대중음악의 재건

어둠이 짙으면 새벽이 멀지 않다고 했던가. 대중음악마저 암흑기에 빠져들고 몇 년 뒤, 드디어 해방이 왔다. 그리고 같은 해 9월 27일, 목포에서 한 사내아이가 태어났다. 이름은 김남진. 당시 호남 최고 부자로 손꼽히는 김문옥의 늦둥이 아들이었다. 위로 딸만 여섯을 낳았던 김문옥은 쉰이 되어서야 첫 아들을 봤다. 그에게는 해방 못지않은 인생의 선물이었으리라.

김문옥의 집안은 호남의 양반 가문이었다. 할아버지 김국우는 병조참판(현 국방부 차관)과 오위도총부 부총관(현 수도방위사령부 부사령관) 등을 지냈고, 아버지 김원삼도 관직에 진출했다. 1897년에 태어나 목포상업학교를 졸업한 김문옥은 일찍부터 정미소로 큰돈을 벌어 일제강점기에는 전남정미주식회사 사장과 전라남도곡물협회 회장 등을 지냈다. 늦둥이 아들이 태어난 이후에는 사업이 더욱 번창하여 대한식량공사 전남지부장, 전남전력대책위원회 부위원장, 목포상공회의소 회장 등을 역임했고, 이후 목포일보 사장이 되어 언론계까지 발을 넓혔다. 훗날 정계에 진출해 국회의원이 되기도 했다(그의 지역구를 목포상업학교 후배이자 목포일보 후임 사장인 김대중 전 대통령이 물려받았다).

김문옥의 아내 장기순은 일제강점기에 서울 진명여학교(현 진명여고)를 나와 일본 유학을 마친 뒤 교사가 된 엘리트이자 신여성이었다. 부부는 어렵게 얻은 늦둥이 맏아들에 대한 기대가 각별했다. 하지만 그 아들이 '가수 남진'이란 이름으로 대한민국 대중음악사에 한 획을 그을 줄은 꿈에도 몰랐을 것이다.

김남진이 돌을 맞이하고 걸음마를 시작할 무렵, 우리 대중음악도 일제 말의 암흑기를 벗어나 다시 한번 힘겨운 걸음마를 떼고 있었다. 음반사들이 문을 닫고 일본인 기술자들마저 떠나 버려 음반을 찍어낼 여력은 없었지만, 노래를 만들어 부르는 일은 계속되었다. 음반 대신 생산비용이 저렴한 노래책을 만들고, 가수들이 전국을 다니면서 공연을 벌였다. 당시 공연은 일제강점기부터 유행하던 악극 형태였는데, 해방 이후 새로운 악극단이 생겨나 공연이 더욱 활발해졌다. 여기에 김해송과 박시춘, 이난영, 김정구 등 이름난 작곡가와 가수 등이 참여했고 저고리 시스터즈, 아리랑 보이즈 같은 이름도 등장했다. 일제 말 움츠러들었던 대중음악은 다시 한번 대중과 함께 숨 쉬면서 새로운 도약을 준비하고 있었다.

시간이 지나면서 음반이 다시 발매되고 인기곡들이 등장했다. 독특한 바이브레이션의 현인이 부른 '신라의 달밤', 만요의 전통을 이은 '빈대떡 신사' 등은 21세기에도 여전한 인기를 자랑하는 명곡이다. 1948년 발표된 '가거라 삼팔선'과 '아내의 노래', 1949년에 나온 '낭낭십팔세' '비 내리는 고모령' '럭키 서울' '고향만리' 등도 많이 불렸다. 1950년에는 '울고 넘는 박달재'와 '서울야곡'이 나와 우리 대중음악의 고전이 되었다.

* 大衆藝術의 KAISER *
南珍

한국전쟁과 대중음악의 시련

해방 이후 재건에 성공한 것처럼 보였던 우리 대중음악은 한국전쟁으로 다시 한번 시련을 맞았다. 전쟁이 모든 것을 또다시 폐허로 만들었지만, 노래를 만들고 부르고 들으며 위로를 얻는 일은 지속되었다. 하지만 전쟁 시기 대중음악은 이전과 다른 모습이 될 수밖에 없었다. 무엇보다 뛰어난 대중음악인들이 월북 혹은 납북되거나 목숨을 잃으면서 우리 음악에 큰 손실을 끼쳤다. 대표적인 인물이 탁월한 작곡가이자 대규모 악단을 이끌었던 김해송이다. 납북된 것으로 알려진 그는 북에서도 행적이 남아있지 않아 안타까움을 더한다.

주로 서울에 자리잡았던 음반사들이 부산과 영남권으로 이동한 것도 전쟁이 초래한 변화다. 이 과정에서 지역의 음반사들은 때아닌 호황을 누리기도 했다. '빈대떡 신사'를 부른 가수 한복남은 피란 간

부산에서 축음기 바늘 장사를 하다가 새로운 음반사를 설립했다. 그가 세운 도미도레코드는 금사향의 '홍콩아가씨', 박재홍의 '물레방아 도는 내력' 등 히트 음반을 냈다.[17]

이전까지 전국을 누비며 활발한 공연을 펼치던 악극단도 전쟁으로 타격을 입었다. 대신 '군번 없는 군인'으로 불리던 군예대가 전후방 군부대를 찾아다니며 공연을 이어갔다. 이들은 위문 공연 도중에 죽더라도 국가로부터 보상받지 않겠다는 각서에 도장까지 찍었다고 한다. 애국하는 마음으로 목숨을 걸고 전쟁터를 누빈 것이다.[18]

전쟁을 겪으면서 대중음악도 달라졌다. 군인들을 위해 만든 진중가요와 전쟁의 아픔을 담은 노래들이 큰 인기를 끌었다. 이 시기를 대표하는 인물은 작사가 유호와 작곡가 박시춘이다. 이미 해방공간에서 '신라의 달밤', '럭키서울', '비 내리는 고모령' 등을 합작한 '유-박 콤비'는 서울 수복 이후 '전우야 잘자라'를 만들었다. "전우의 시체를 넘고 넘어 앞으로 앞으로"로 시작하는 이 노래는 지금도 진중가요 대표곡으로 손꼽힌다. 서울 환도를 배경으로 한 '이별의 부산정거장' 또한 이들의 작품이다.[19]

전쟁에서 개인이 겪은 아픔을 위로하는 노래 역시 대중의 마음을 사로잡았다. 고향과 어머니에 대한 그리움이나 가족 잃은 슬픔을 표현해 심금을 울렸다. 작사가 반야월이 자신의 딸을 미아리 고개에서 잃은 경험을 바탕으로 만들었다는 '단장의 미아리 고개', 흥남 철수를 배경으로 한 '굳세어라 금순아', 부산의 피란 생활을 다룬 '경상도 아가씨'와 '이별의 부산정거장' 등이 대표적이다.

'목포의 눈물'

1935년 발표되어 신인 가수 이난영을 스타로 만들어준 곡이다. 90년 가까이 흐른 지금도 호남을 대표하는 노래로 꼽힌다. 높은 인기 덕분에 1980년대 프로야구가 시작한 이래 광주를 연고로 한 해태 타이거즈(현 기아 타이거즈)의 응원가로 쓰이기도 했다. 스무 살도 되기 전에 스타가 된 이난영은 이후 같은 트로트 계열인 '목포는 항구다'뿐 아니라 블루스 스타일의 '다방의 푸른 꿈'을 발표하며 '블루스의 여왕'으로 불렸다.

1939년에는 박향림, 장세정, 이화자, 홍청자, 왕숙랑, 서봉희, 김능자 등과 함께 '저고리 시스터즈'라는 걸그룹으로 활동했는데, 나중에는 김해송과의 사이에서 낳은 딸 김숙자와 김애자, 오빠의 딸인 이민자를 모아 '김시스터즈'라는 걸그룹을 만들었다. 한반도 원조 걸그룹 멤버가 대한민국 원조 걸그룹을 만든 셈이다. 이난영은 김시스터즈를 미8군 무대에 데뷔시킨 다음, 몇 년 뒤에는 미국까지

by 이난영

진출해 당시 최고의 인기 프로그램이었던 〈에드 설리번 쇼〉에 출연하는 등 활발한 활동을 벌였다.

'목포의 눈물'을 작곡한 손목인은 이후로도 수많은 히트곡을 만들어 내며 우리 대중음악계의 '미다스의 손'으로 군림했다. 해방 이후 '아내의 노래', '슈샤인 보이' 등 히트곡을 발표했으며, 일본에 진출해 작곡가로 활약하기도 했다.

3

오! 캐롤

'미8군 쇼'에 빠진 부잣집 도련님

남진은 목포에서 보낸 어린 시절을 이렇게 기억한다.

"아버지하고 나이 차이가 오십이 넘어요. 눈에 넣어도 아프지 않을 늦둥이였지만, 아버지는 그런 걸 내색하는 분이 아니었죠. 거기다 사업과 언론사에 정치까지 항상 바쁘셨습니다. 가정일과 2남 7녀의 교육은 어머니 몫이었어요. 어머니는 자애로우셨지만, 동시에 엄한 분이었어요. 특히 집에 늦어 들어오면 어김없이 회초리를 맞곤 했죠."

그 시절 대궐 같은 집에는 언제나 손님들이 차고 넘쳤다. 그 중에는 정치인들도 있었는데, 독립운동가이자 정치인이었던 조병옥과 신익희, 여성 정치인이었던 박순천 등은 호남 지역에 올 때마다 그의 집에 묵었다고 한다. 당시 정치 신인이었던 김대중 전 대통령도 자주 찾았다. 때로는 어린 김남진이 손님들과 한 방에 자기도 했단다.

이렇게 모든 것을 갖춘 부잣집 늦둥이 장남을 부모는 엄하게 키웠다. 여기에는 한국전쟁 이후 불어닥친 춤바람 등 향락 문화로부터 아들을 보호하려는 의도도 있었을 것이다.

전쟁 이후 춤바람과 댄스홀 전성시대

전후 우리 대중문화를 상징하는 것은 정비석의 소설 『자유부인』이다. 1954년부터 2년 동안 신문에 연재되었던 소설은 선풍적인 인기를 끌었는데, 정숙한 교수 부인이 춤바람이 나서 젊은 연인과 댄스홀을 전전하다 결국 뉘우치고 가정으로 돌아온다는 내용이었다. 지금 보면 별것 아니지만 당시로서는 신문 지면을 통해 퇴폐 논쟁이 붙을 정도로 자극적인 소재였다. 덕분에 영화로도 만들어져 당대 최고의 흥행 기록을 세우기도 했다.

『자유부인』의 배경에는 주한미군을 통해 들어온 미국 대중문화가 있었다. 신나는 춤과 노래를 선보이는 뮤지컬 영화와 함께 다양한 댄스 음악이 들어오고, 더불어 댄스홀까지 크게 늘었다. 이렇게 시작된 춤바람은 대학교수 부인도 피해 가지 못했다.

미국 팝 음악은 우리 대중음악에도 영향을 주었다. 이국적인 가사가 유행해 전쟁으로 피폐해진 대중들을 낭만적인 환상 속으로 이끌었다. 휴전 이듬해 나온 '아메리카 차이나타운', '향항(홍콩) 아가씨', '페르샤 왕자' 등이 그런 노래들이다. 1955년에 발표된 '내 고향으로 마차는 간다', '아리조나 카우보이'에는 미국 서부 영화의 영향이 보인다.

미국 음악의 영향은 블루스, 부기우기, 맘보, 탱고, 차차차 등 다양한 댄스 음악의 유행으로 이어졌다. 제목에서부터 댄스 리듬을 전면에 내세우기도 했는데 '무정 부르스', '닐니리 맘보', '비의 탱고', '노래가락 차차차', '기타 부기' 등이 그런 곡들이다.[20]

댄스 리듬의 유행을 타고 댄스홀도 전성기를 맞았다. 일제강점기에 시작된 댄스홀은 일제 말 전쟁이 본격화되면서 움츠러들었다가 해방과 함께 다시 유행을 시작했다. 1940년대 후반이 되면 서울 동화백화점이나 미도파백화점 등의 옥상에 댄스홀이 들어서 문전성시를 이루기도 했다. 한국전쟁 기간에도 댄스홀은 '유엔군을 위로한다'는 명분으로 영업을 지속했는데, '장군의 아들' 김두한이 의용군의 치료비에 쓰기 위해 사치와 향락을 일삼는 부유층의 금품을 턴 곳이 바로 부산의 늘봄댄스홀이었다.[21]

휴전 이후 댄스홀 열풍은 다시 불붙어 서울에만 대형 댄스홀 20여 곳이 성업 중이었다. 하지만 모르는 남녀가 몸을 밀착한 채 브라스 밴드의 리듬에 맞춰 춤을 추는 댄스홀은 '퇴폐의 온상'으로 지목되어 사회문제가 되었다. 급기야 1954년 정부 당국은 서울 광화문에 외국

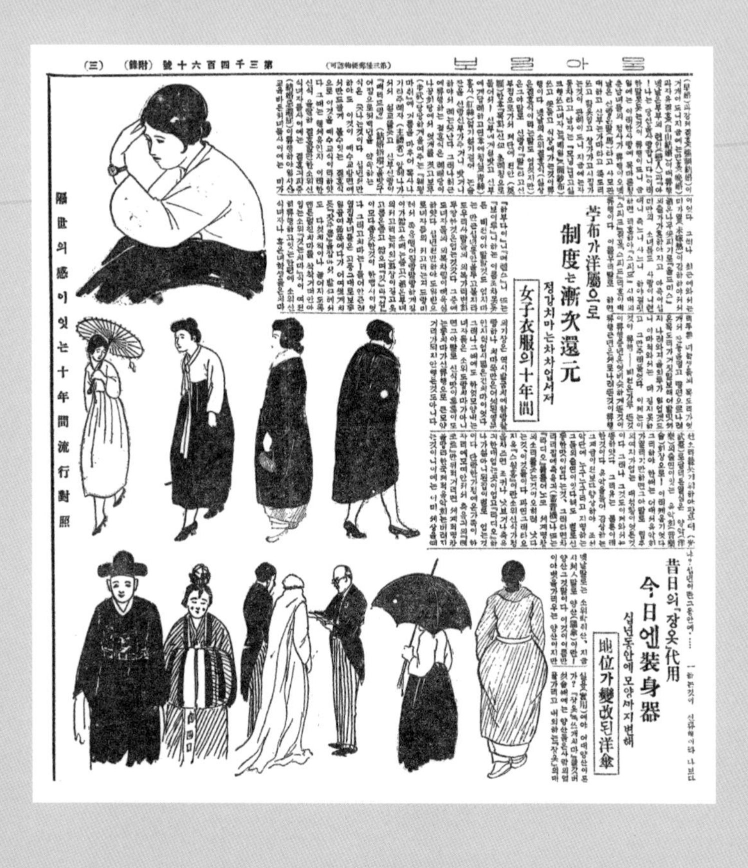

동아일보 第三千四百六十號 (附錄) (三)

女子衣服의十年間

무布가洋屬으로 制度는漸次還元

정강치마는차차업서저

昔日의「장옷」代用 今日엔裝身器

십년동안에 모양싸지변해

地位가變改된洋傘

隔世의感이잇는十年間流行對照

인을 대상으로 한 댄스홀 하나만 남기고 전국의 댄스홀을 모두 폐쇄했다.[22]

하지만 이미 만개한 대중의 욕망을 강제로 억누르는 것은 불가능했다. 전국에 불법적인 비밀 댄스홀들이 들어서면서 오히려 각종 스캔들의 온상이 되었다. 소설 『자유부인』은 바로 이러한 분위기 속에서 탄생한 것이다.

중학생 김남진
'오! 캐롤'에 빠지다

미국 음악과 댄스홀이 유행할 무렵, 김남진은 사업하는 부친을 따라 서울로 가서 경복중학교에 입학했다. 열심히 공부하기를 원했던 부모의 기대와 달리 소년은 공부가 적성에 맞지 않았다.

"어머니가 그렇게 공부하길 원하셨는데, 책만 보면 머리가 아파. 뒷골이 좀 뻐근해(웃음). 근데 음악을 듣고 운동을 하면 하루 종일 지칠 줄을 몰랐어요. 어릴 때부터 연극부에 들어가서 활동도 열심히 했죠."

그러다 운명처럼 노래에 빠지게 된 계기가 찾아왔다. 중학교 3학년 때 점심시간에 친구가 흥얼거리며 부르던 노래가 날아와 귀에 꽂힌 것이다. 지금도 그때 들은 가사가 선명히 기억난다.

"오! 캐롤, 아임 소 인 러브 위드 유(Oh! Carol, I'm so in love with you!

오! 캐럴, 나는 너와 사랑에 빠졌어!)”

중학생 김남진은 단박에 이 노래와 사랑에 빠졌다. 제목을 물으니 요즘 유행하는 닐 세네카의 ‘오! 캐롤’이란다. 그날 바로 동화백화점(현 신세계백화점) 레코드숍에 가서 레코드를 샀다. 당시 귀한 물건이었던 전축은 이미 집에 몇 대나 있었다.

“그때 레코드숍 주인이 다른 가수의 노래도 추천했어요. 폴 앵카라는 가수가 겨우 열여덟인데 ‘다이아나’라는 노래를 불러서 세계적인 스타가 되었다는 거야. 들어보니 목소리가 약간 여성적인데 하이톤이 매력 있더라고. 그래서 그 음반도 사서 집으로 왔죠.”

이때부터 학교만 마치면 집으로 와서 주구장창 음악을 듣고 따라 부르는 일이 반복되었다. 어찌나 많이 들었던지 비싼 돈을 주고 산 정품 앨범이 두어 달 만에 상해서 전축 바늘이 튈 정도였다. 닐 세네카와 폴 앵카에서 시작된 음악 사랑은 곧 다른 가수로 가지를 뻗어나갔다. 엘비스 프레슬리와 냇 킹 콜, 레이 찰스, 앤디 윌리엄스, 프랭크 시나트라, 짐 리브스, 팻 분…. 그중에서도 엘비스를 가장 좋아했다. ‘러브 미 텐더(Love me tender)’부터 시작된 엘비스의 음악은 새 앨범이 나올 때마다 사서 들었고, 나중에는 이전 앨범까지 몽땅 구입해 마르고 닳도록 들었다. 부드러운 목소리의 냇 킹 콜도 그에 못지않게 좋아하는 가수였다. ‘모나리자’를 특히 좋아했다.

“정말 그때는 학교에서 집으로 돌아오면 전축부터 먼저 틀고 온종일 노래를 들으며 따라 불렀어요. 물론 당시엔 나중에 가수가 되겠다는 생각은 눈곱만치도 없었죠. 돌이켜보면 그 시절 덕분에 가수가 될 수 있었던 것 같아요. 지금까지 나보다 더 노래를 잘하는 사람은 봤지만, 나처럼 음악에 미친 사람은 본 적이 없어요. 여전히 음악 듣고 노래하는 게 제일 즐겁습니다."

소년 김남진을 사로잡은 팝송의 유행은 한국전쟁 때 한반도로 온 미군과 함께 시작되었다. 전쟁 후에도 미군이 주둔하면서 미군 부대에서 흘러나온 원판 LP들은 기지촌 주변과 양키 시장에서 유통된 것이다. 1957년 첫 방송을 시작한 AFKN(주한 미군 방송)도 한몫했다. 이듬해부터 본격적으로 양산된 해적판 LP들은 팝송 유행을 이끌었다. 소위 '빽판'이라고 불리는 불법 복제 음반이 유성기 음반보다 더 싼 값으로 판매되면서 국내에도 팝송 음반 시장이 형성되었다. 이 시기 빽판들은 방송 음악 프로그램과 전국의 음악감상실, 살롱에서 각광받으며 국내 팝송 유행에 기여했다.[23]

고등학생 김남진을
사로잡은 '미8군 쇼'

음악에 대한 관심은 쇼 관람으로 이어졌다. 김남진은 중학교 때부터 극장으로 쇼를 열심히 보러 다녔는데, 학교 수업도 빼먹을 정도였다고. 쇼단 공연 포스터가 붙으면 친구들이 "우리 남진이 그날은 학교 안 나오겠구만" 하고 말하곤 했다.

그 무렵 극장 쇼는 악극단에서 버라이어티 쇼로 이동하고 있었다. 악극단 쇼가 극작과 작곡을 중시했다면, 버라이어티 쇼는 편곡, 지휘, 연주와 쇼 프로그램 구성이 더 중요했다. 음악 '극'에서 음악 '쇼'로 무게 중심이 옮겨간 셈이다.

중학교를 졸업한 김남진은 다시 고향으로 내려가 목포고등학교에 진학했다. 여기서도 남다른 음악과 쇼에 대한 사랑은 계속되었다. 그때는 고등학생이 극장 쇼를 보러 갔다가 걸리면 정학이나 퇴학을 당할 수도 있었는데, 위험을 무릅쓰고 공연을 보러 다녔다.

"당시 극장 쇼는 악극에 신파, 코미디, 국악, 가요, 팝송, 마술까지 망라한 종합 엔터테인먼트였어요. 중학교 때부터 팝송에 푹 빠져 있던 나는 당연히 국악이나 트로트보다 팝송 스타일의 노래를 좋아했죠. 그래서 쟈니리나 정원, 김상국 같은 분들이 나온다고 하면 학교를 빼먹고라도 꼭 보러 갔어요."

쟈니리와 정원, 김상국은 극장 쇼의 전성기를 이끌던 가수들이었다. 이들은 모두 '미8군 쇼 출신'이라는 공통점이 있다.

미8군 쇼는 주한미군을 위한 본격적인 공연으로 1950년대 중반부터 시작되었다. 이전에도 간헐적인 공연이 있었으나, 1955년 일본에 있던 미8군 사령부가 서울 용산으로 이전하면서 주한미군의 규모가 커지자 늘어난 공연 수요를 충족시키기 위해 생겨난 것이다.

미8군 쇼는 빅밴드와 가수, 댄서, MC, 코미디언, 마술사 등이 참여하는 종합 엔터테인먼트였다. 이 무대에 서기 위해서는 일 년에 두 번씩 치르는 오디션을 통과해야 했는데, 여기서 높은 등급을 받으면 높은 급여를 받고 무대에 설 수 있었기에 경쟁이 치열했다. 미군을 대상으로 하는 공연이라서 심사 기준은 '미국 음악을 얼마나 제대로 하느냐'였고, 가수들은 여러 장르의 미국 대중음악뿐 아니라 최신 유행에도 능통해야 했다. 오디션을 통과하기 위해서는 남들보다 한발 앞서 AFKN에서 신곡을 듣고 그대로 연주할 수 있어야 했다.[24] 이를 통해 실력 있는 가수와 연주인, 작곡가들이 배출되면서 우리 대중가요에 큰 영향을 끼치게 되었다.

미8군 쇼에서 실력을 인정받은 음악인들은 국내 무대에도 진출했다. 특히 1961년 KBS TV와 MBC 라디오가 개국하면서 생겨난 방송 무대에 미8군 쇼 출신 가수들이 대거 등장했다.[25] 이들이 들려주는 새로운 음악에 한국의 대중, 특히 젊은이들이 환호했다. 베트남 전쟁으로 미8군 쇼의 인기가 한풀 꺾이자 이들은 국내 극장 쇼에 모습을 드러냈다. 덕분에 극장 쇼는 고등학생 김남진 같은 젊은이들에게도 인기를 끌게 되었다.

트로트 vs 팝
양강 시대

미8군 쇼와 미국 대중음악의 유행은 우리 대중음악의 판도를 바꾸었다. 일제강점기부터 이어져 온 '트로트 대 신민요'의 구도가 '트로트 대 팝송'으로 바뀐 것이다. 미8군 쇼 출신 음악인들은 미국 대중음악을 자체적으로 소화해 팝송 스타일의 가요를 만들었다. 그 시작은 1961년 여름을 강타한 한명숙의 '노란 샤쓰의 사나이'였다.

경쾌한 기타 스트로크로 시작해 컨트리풍의 바이올린 연주가 뒤따르는 전주는 전례가 없는 스타일이었다. 가사 또한 달랐다. 여기에 꾀꼬리같이 고운 목소리를 자랑하던 이전 여가수들과 달리 한명숙의 허스키한 보이스가 치고 나오면서 완전히 색다른 분위기를 연출했다. 한명숙뿐 아니라 노래를 만든 손석우도 미8군 쇼 출신이었다.

하지만 달라도 너무 달랐기 때문일까. 1960년 겨울 처음 음반이 나왔을 때만 해도 대중들의 반응은 차가웠다. 이듬해 여름이 되어서야 갑자기 음반이 날개 돋친 듯 팔려나가기 시작했다. 당시 5 · 16군사정변으로 정권을 잡은 군부는 밝은 사회 분위기 조성을 위해 방송사에 새로운 기풍의 가요를 양성하라고 방침을 내렸는데, 이 방침에 따라 방송에서 '노란 샤쓰의 사나이'를 자주 내보내는 바람에 흥행했다고도 한다. 이 노래가 수록된 앨범은 이후 1년 동안 무려 20만 장 넘게 팔리면서 해방 이후 최고 기록을 세웠다.[26]

'노란 샤쓰의 사나이'를 시작으로 팝송 스타일의 가요가 줄을 이었다. 최희준의 '우리 애인은 올드미스'(1961), 현미의 '밤안개'(1963), 정훈희의 '안개'(1967)에서 김추자, 박인수, 펄 시스터즈 등 신중현 사단으로 이어지는 가요계의 흐름이 형성되었다.

트로트 계열 가요의 선두 주자는 이미자였다. 1964년 발표한 '동백아가씨'는 무려 100만 장이 팔려나갔다. 덕분에 한동안 팝송 스타일에 밀리던 트로트는 부활을 맞이했고, 신인 가수였던 이미자는 대한민국을 대표하는 가수로 우뚝 섰다.

이미자의 청아한 목소리와 트로트 특유의 애달픈 바이브레이션이 듣는 이의 심금을 울리는 '동백아가씨'는 '노란 샤쓰의 사나이'와 분위기가 확연히 다르다. "헤일 수 없이 수많은 밤을 내 가슴 도려내는 아픔에 겨워"라는 가사 또한 "노오란 샤쓰 입은 말없는 그 사람이 어쩐지 맘에 들어"와 정반대다. 이후 이미자는 작곡가 박춘석과 콤비를 이루어 '흑산도 아가씨', '섬마을 선생님', '기러기 아빠' 등을 연속으로 히트시키면서 트로트 전성시대를 이끌었다.

'노란 샤쓰의 사나이'

1961년 크게 히트하면서 팝송 스타일 노래의 유행을 선도한 곡이다. 일본을 비롯해 동남아시아에서도 인기를 끌었고, 당시 한국에 왔던 프랑스 샹송 가수 이베트 지로가 이 노래를 한국어로 불러 자신의 음반에 싣기도 했다. 또한 이 노래를 바탕으로 한 〈노란 샤쓰를 입은 사나이〉라는 영화가 만들어져 흥행하기도 했다.

'노란 사쓰의 사나이'를 부른 한명숙은 평안남도 출신으로 한국전쟁 때 월남했다가 전후 미8군 쇼를 통해 가수 활동을 시작했다. 월남할 당시 아버지와 떨어져 있었는데, 이 노래가 히트하면서 다시 만날 수 있었다고 한다. 이후 동남아뿐 아니라 미국까지 순회공연을 다니는 등 '원조 한류 스타' 행보를 보였다.

이 곡을 만든 손석우 또한 미8군 쇼 출신 음악인이었다. 그는 방송국 악단장으로 활동하는 한편, 레코드 회사를 설립해 자신의 음악을 직접 음반으로 만들었다. 첫 앨범에 수록된 '노란 샤쓰의 사나이'

by 한명숙

가 공전의 히트를 기록한 후 최희준의 '우리 애인은 올드미스', '내 사랑 쥬리안' 등을 잇달아 히트시켰다. 함께 미8군 쇼에서 활동했던 최희준은 손석우에게 한명숙을 소개해주기도 했다.

4

서울 푸레이보이

'가수 남진'의 데뷔

트로트와 팝이 라이벌 구도를 형성할 무렵, 목포고에 다니던 김남진은 한양대 연극영화과에 진학했다. 사실 고등학생 김남진의 꿈은 가수가 아니라 배우였다. 그래서 연극부 활동에 열심이었고, 극장에서 개봉하는 영화들도 빠지지 않고 챙겨 보았다. 특히 당대를 풍미했던 찰스 브론슨, 제임스 딘, 말론 브란도 같은 배우들을 좋아해서 이들처럼 멋진 영화배우가 되는 꿈을 꾸었다.

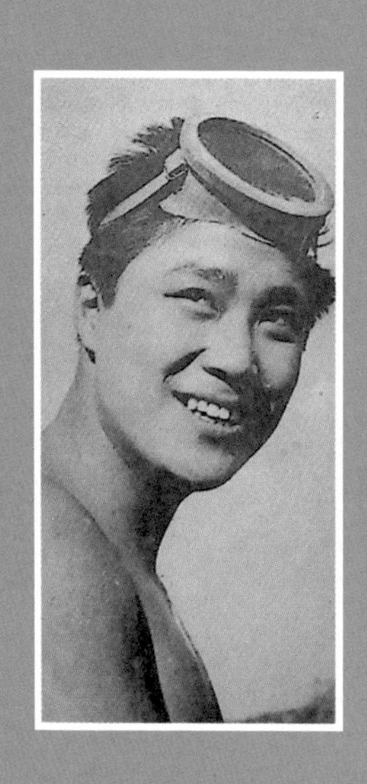

"대학에 들어간 후에는 충무로 대한극장 주변을 서성이는 일이 잦았어요. 당시 충무로는 한국의 할리우드였고, 대한극장 주변 다방은 새로운 배우를 찾는 영화감독들의 집합소였거든요. 거기서 즉석 캐스팅이 되어 단역으로 출연하기도 했어요."

하지만 대학 신입생 김남진은 진짜 인연을 충무로가 아닌 우이동에서 만났다. 그것도 꿈을 이루기 위해 찾은 것이 아니라, 친구들과 우연히 놀러 간 곳에서 말이다.

우이동 산장 댄스홀에서 가수로 픽업되다

"대학 1학년 여름방학 때였어요. 한 친구가 우이동 산장촌에 가면 딸기밭도 있고 놀기도 좋다고 해서 친구 몇이랑 놀러 갔어요. 그렇게 한참을 놀고 어두워져 내려오는데, 한 산장에서 음악 소리가 들리더라고요. 호기심에 문을 열고 들어가 보니, 완전히 별세상이었죠."

북한산 자락 우이동 계곡은 예로부터 서울 시민들의 여름 놀이터였다. 시원한 계곡 사이로 산장촌이 형성되면서 서울 시내 대학생 MT촌으로도 유명했다. 하지만 대학 새내기 김남진 일행이 들어간 산장은 분위기가 완전 달랐다. 화려한 샹들리에 불빛 아래 밴드 음악에 맞춰 남녀가 춤을 추고 있었고, 무대 위 밴드는 당시 유행하던 블루스와 지르박을 연주하고 있었다. 1961년 5 · 16군사정변으로 된 서리를 맞았던[27] 댄스홀이 다시 유행을 타면서 서울 변두리까지 자리잡은 것이었다. 덕분에 김남진 일행은 예정에 없던 유흥을 즐기게 되었다.

"그때 같이 간 친구 중에 목포 방송국 전속 가수가 있었어요. 나야 집에서 앨범 듣고 따라 하는 수준이었지만, 걔는 정말 프로였거든요. 술이 몇 순배 돌고 흥이 나니까 그 친구가 무대에 올라가서 노래를 불렀어요. 그랬더니 완전 난리가 난 거야. 박수 치고 앵콜 들어오고…. 산장 주인이 맥주 한 박스를 서비스로 줬어요."

분위기가 달아오르자 친구의 뒤를 이어 김남진이 무대로 올라갔

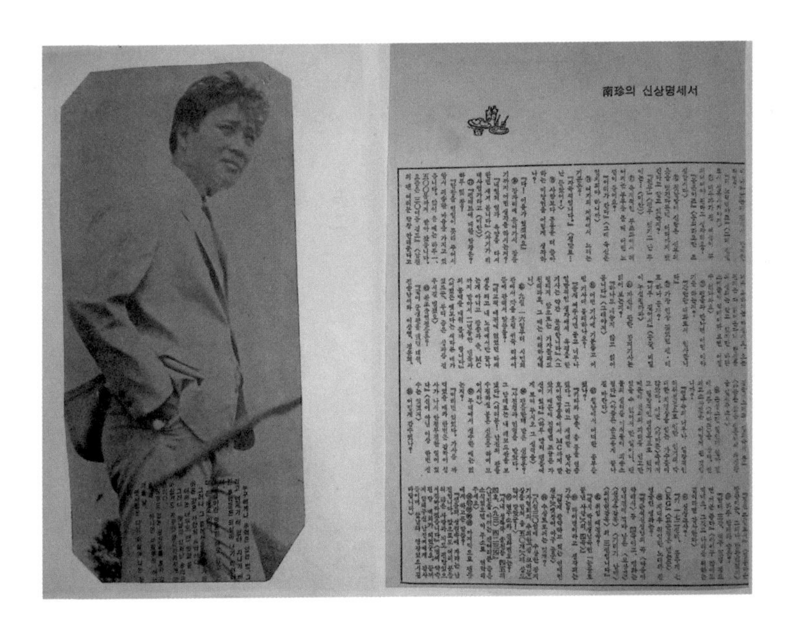

南珍의 신상명세서

다. 고향에서라면 아버지 이름에 누가 될까 봐 못 했을 행동이었다. 잘 마시지 않던 술을 몇 잔 걸친 것도 용기를 주었다. 무대에 오른 김남진은 팝송 두 곡을 연달아 불렀다. 평소 자주 부르던 냇 킹 콜의 '프리텐드(Pretend)'와 행크 윌리엄스의 '유어 치팅 하트(You're cheating heart)'였다. 이번에도 무대 아래에서 난리가 났고, 밴드 마스터를 겸했던 사장은 다시 맥주 한 박스를 선사했다.

"맥주를 마시고 있는데, 사장이 우리 자리로 왔어요. 그러더니 나한테 '학생, 노래 한번 안 해 볼래?' 하는 거예요. 처음에는 내 친구랑 헷갈린 줄 알았어. 노래도 노래지만 친구가 아주 잘생겼거든. 나보다도 훨씬 더. 그래서 재차 확인해보니, 나한테 권하는 게 맞다는 거야. 왜냐고 물었더니 목소리가 특이하고 좋아서 가수를 하면 좋겠다는 거예요."

그때만 해도 가수가 되겠다는 생각이 전혀 없었기에 고맙다는 인사만 하고 넘어가려고 했는데, 사장이 연락처를 달라고 했다. 별생각 없이 전화번호를 건네고 다시 영화배우를 꿈꾸는 대학 생활로 돌아갔다.

연애하러 등록한 음악학원

그렇게 몇 개월이 흐른 뒤 김남진은 까맣게 잊고 있었던 사장에게서 전화를 받았다. 아는 작곡가에게 이야기했더니 한번 만나보고 싶어 한다는 거였다.

"사실 그 자리에 나가고 싶은 생각이 없었어요. 그때도 가수가 될 생각이 없었으니까. 그래도 나이 드신 분이 말씀하시니 거절할 수가 없더라고. 우리가 또 고향에서부터 예의범절 하나는 철저하거든(웃음)."

약속 장소는 을지로 명보극장 인근 다방이었다. 한 5분쯤 기다렸을까. 갑자기 김남진의 눈이 휘둥그레졌다. 당시 최고의 인기 가수였던 남일해가 들어온 것이다. 그는 고등학생 김남진이 가장 좋아했던 가수였다. 당시 남일해는 '빨간 구두 아가씨'와 '첫사랑 마도로스'를 잇따라 발표하면서 전성기를 누리고 있었다.

다방으로 들어온 남일해는 가까운 자리에서 작곡가로 보이는 사람과 신곡 이야기를 했다. 때마침 온 산장 댄스홀 사장과 반갑게 인사를 나눴지만 관심은 온통 남일해에게 가 있었다. 그런데 잠시 후 남일해가 자리를 뜨자, 함께 있던 작곡가가 김남진의 자리로 와서는 사장에게 인사를 건넸다.

"이분이 바로 그날 내가 만나기로 한 작곡가였어요. 남일해 선배의 히트곡 '첫사랑 마도로스'를 작곡한 한동훈 선생님이었죠. 이렇게 어마어마한 분을 소개받을 거라고는 전혀 생각지 못했는데, 갑자기 긴장되는 거예요."

다방에서 정식으로 소개를 나눈 뒤 근처에 있던 한동훈음악학원으로 자리를 옮겨 노래 테스트를 했다. 한동훈의 피아노 반주에 맞춰 팝송 '썸머타임(Summer Time)'과 '대니보이(Danny Boy)' 두 곡을 불렀다. 자리가 자리인지라, 실력을 보여주기 위해 좀 어려운 곡들을 골랐다.

결과는 만족스러웠다. 한동훈 또한 소질이 있다면서 흡족해하는 표정이었다. 그런데 바로 가수가 되는 게 아니라, 학원에 나와 노래를 배우라는 게 아닌가. 아무리 유명 작곡가에게 노래를 배운다고 해도, 학원까지 다니면서 가수가 되고 싶은 생각은 없었다.

"그래서 다음에 와서 등록하겠다고 하고 그냥 집에 가려고 했어요. 등록을 안 하면 되는 거니까. 근데 그 순간 조금 전 학원에서 본 여학생 얼굴이 떠오르는 거예요. 그 여학생이 완전 내 스타일이었거든(웃음). 가만 생각해보니 그 여학생을 또 만나려면 학원에 와야겠더라고. 그래서 딱 한 달만 등록하자고 마음먹었죠. 노래보다 연애하려고. 그런데 한 달이 일 년이 되고, 나중에는 한동훈 선생님의 곡을 받아 데뷔 앨범까지 내게 되었죠."

유명 음악 학원을 통한 데뷔는 당시 가수가 되는 루트 중 하나였다. 실제로 1960년대 서울 시내에는 다양한 음악 학원들이 우후죽순 생겨났다. 종로음악학원, 국제예술음악학원, 세기음악학원, 세광음악학원뿐 아니라 전오승가요학원, 이양일음악예술학원, 이승준음악학원처럼 음악인 이름을 딴 학원들도 등장했다. 유명 작곡가 한동훈이 세운 한동훈음악학원도 그중 하나였다. 음악 학원 중에는 미8군 무대 진출을 원하는 이들은 모집하는 곳도 있었다. 미8군 쇼 출신인 이인성이 설립한 이인성음악학원은 펄 시스터즈의 배인순과 배인숙, 최헌, 안치행, 김석규 등의 음악인을 배출해 훗날 한국 가요계에 큰 발자취를 남겼다.[28]

스윙 재즈 스타일 데뷔곡 '서울 푸레이보이'

비록 여학생에 끌려 등록했지만, 노래 연습을 게을리하진 않았다. 여학교 교사 출신이었던 한동훈은 노래의 기초인 호흡과 발성부터 차근차근 제대로 가르쳤다. 본래 가수 생활을 하다가 작곡가로 전향했기에 실전에서 무엇이 중요한지 잘 알고 있었다.

"처음엔 발성 연습하는 게 참 싫었어요. 내가 그래도 몇 년 동안 팝송으로 단련된 놈인데, 노래 초보들이 하는 호흡과 발성부터 시작한다니 내심 반발도 있었고. 하지만 선생님은 건물처럼 노래도 기초가 튼튼하지 않으면 오래 갈 수 없다고 하시면서 발성을 꾸준히 연습시켰어요. 그때는 참 지겨웠는데, 나중에 시간이 지나고 나니 선생님의 뜻을 알 수 있었어요. 발성을 제대로 마스터하고 안 하고의 차이는 세월이 지날수록 더욱 또렷하게 드러나더라고요. 제가 데뷔하고 60년 가까이 된 지금까지 노래를 계속할 수 있는 건 그때 익힌 호흡과 발성 덕이 커요."

탄탄히 다진 기초 위에 음악 스타일도 만들어 나갔다. 아무래도 처음에는 좋아하는 가수의 스타일이 묻어났다. 특히 남일해의 뒤를 이어 인기 가수로 부상한 최희준을 따라 했다. 그는 이미 미8군 무대를 통해 실력을 인정받았으며, 1964년 개봉한 영화 〈맨발의 청춘〉의 주제곡을 감미로운 목소리로 불러 일약 스타에 올랐다. 장르도 냇킹 콜과 같은 재즈를 기반으로 한 스탠더드 팝이었다. 예전부터 냇킹 콜을 좋아했던 김남진에게는 자연스러운 선택이었다.

"사실 최희준 선배가 아니었으면 전 가수 데뷔를 못 했을지도 몰라요. 처음엔 음악 학원에서도 팝송만 불렀거든요. 보다 못한 한동훈 선생님이 '이놈아, 한국 놈이 한국 노래를 해야지!' 하고 호통을 칠 정도였죠. 그때 마침 귀에 들어온 노래가 최희준 선배의 '맨발의 청춘'이었어요."

이때부터 김남진에게 가요란 곧 최희준이었다. 한동훈이 가요를 부르라면 최희준의 노래를 불렀다. 하도 부르다 보니 눈을 감고 들으면 김남진인지 최희준인지 헷갈릴 정도였다. 이렇게 피나는 노래 연습을 한 지 일 년 반, 드디어 음반을 낼 기회가 왔다. 한동훈에게 받은 데뷔곡도 마음에 꼭 들었다. 제목은 '서울 푸레이(플레이)보이'. '맨발의 청춘'을 닮은 스윙 재즈 스타일의 곡이었다. 이런 노래라면 최희준보다 더 잘 부를 자신이 있었다. 하지만 마지막 문제가 하나 있었다. 바로 돈이었다.

당시 인지도가 없는 신인 가수들은 대부분 자비로 음반을 제작해야 했다. 엘비스 프레슬리 또한 무명 시절 자비 음반부터 만들었다니 크게 자존심 상할 일도 아니었다. 하지만 돈이 문제였다. 고민하던 김남진은 어머니께 말씀드렸고, 대학 진학 이후 연예 활동을 전폭적으로 지원해 주시던 어머니는 기꺼이 제작비를 대주었다. 마침 아버지가 병환으로 입원 중이어서 가능한 일이었다.

데뷔 앨범에 들어갈 12곡을 녹음하고 '남진'이란 예명도 받았다. '남해의 보배'란 뜻을 담은 예명은 훗날 〈진짜진짜〉 시리즈로 대한민국 최고 하이틴영화 감독이 된 문여송이 지어준 이름이었다. 좋은 음악과 멋진 예명까지 갖췄으니, 이제 성공은 시간 문제로 보였다.

큰 기대 큰 실망,
그래도 다시 한번

"난 진짜 그때 앨범만 나오면 인기 스타가 될 줄 알았어요. 아버님이 운영하시던 언론사를 통해 기사화까지 예정되어 있었으니 더욱 그랬죠. 앨범이 나오고 기사가 뜨면 방송국에서 내 노래를 틀어댈 테니, 인기 가수는 시간 문제라고 생각했어요."

하지만 그런 일은 일어나지 않았다. 아무도 신인 가수의 앨범, 지방 신문에 난 홍보성 기사에 관심이 없었다. 당시 방송을 위해서라면 연줄을 총동원해서 피디들을 만나고 촌지라도 돌려야 했지만, 남진은 이런 관행조차 몰랐다. 음반을 만들어준 작곡가 한동훈 또한 고지식한 사람이었다.

돌이켜보면 음악적인 한계도 보였다. '최희준 모창 가수'라고 해도 될 정도로 스타일을 따라 한 것도 문제였다. 여전히 최희준에게 열

오빠, 남진

광하고 있던 대중들에게 '제2의 최희준'은 아직 필요하지 않았다. 앨범 타이틀곡 '서울 푸레이보이'와 '사나이 길'이 영화 〈그 순간을 참아라〉의 주제가로 삽입되었으나, 영화가 흥행에 실패하면서 노래도 빛을 보지 못했다.

첫 앨범에 대한 기대가 컸던 만큼 실망 또한 컸다. 어린 마음에 주변 친구들에게 이런저런 자랑까지 잔뜩 해 놓았으니 더욱 죽을 맛이었다. 결국 고향으로 내려가 두문불출하면서 때 이른 좌절을 곱씹었다. 더 이상 가수를 계속하고 싶지도 않았다. 마음을 추스르고 '서울로 다시 가면 영화배우에 다시 도전해 봐야지, 애초에 가수는 내 꿈도 아니었잖아?' 이런 생각에 빠져 있을 무렵 한동훈의 전화를 받았다. 당시 메이저 음반사였던 오아시스레코드에 이야기했더니 사장이 한번 보자고 했다는 것이다. 사내가 칼을 뽑았으면 무라고 잘라야 하는 법. 이번엔 제법 규모 있는 음반사에서 보자고 한다니 또 다른 기회가 열릴지도 모를 일이다. 그렇게 남진은 다시 서울행 열차에 몸을 실었다.

'서울 푸레이보이'

가수 남진의 1965년 데뷔곡이지만, 남진의 '찐팬'이 아니고서는 잘 알지 못하는 노래다. 이 노래가 실린 남진의 데뷔 앨범은 당시 군소 제작사였던 킹스타레코드에서 발매되었다. 앨범에는 모두 12곡이 실렸는데, 이는 1960년대 들어 LP(Long Play) 음반이 일반화되었기에 가능한 일이었다. 이전까지 주류였던 SP(Standard Play) 음반에는 앞뒷면에 각각 3분 정도의 노래를 한 곡씩 실을 수 있었지만, LP 음반에는 10곡 이상의 노래를 담을 수 있었다. 이는 음반 산업 자체의 변화를 가져오기도 했다.

앨범 표지에는 남진의 사진과 함께 '인기상승의 호남가수 남진군의 힛트쏭!'이라는 문구를 적었다. 이때 호남은 지역명이 아니라 '남자답고 풍채가 좋은 사나이'란 뜻이다. 지금 들어도 매력적인 타이틀곡 '서울 푸레이보이'가 빛을 보지 못한 이유는 여러 가지가 있는 듯하다.

by 남진

우선 남진 스스로 이야기했듯 홍보 부족을 들 수 있다. 더불어 노랫말이 가수와 맞지 않아서 히트할 수 없었다는 주장도 있다. "나는 못생겼지만"으로 시작하는 가사가 귀공자풍의 외모인 남진과 어울리지 않는다는 것이다. 하지만 남진은 데뷔곡에 대한 애정이 여전해, 2021년 방송에 나와 이 노래를 부르기도 했다.

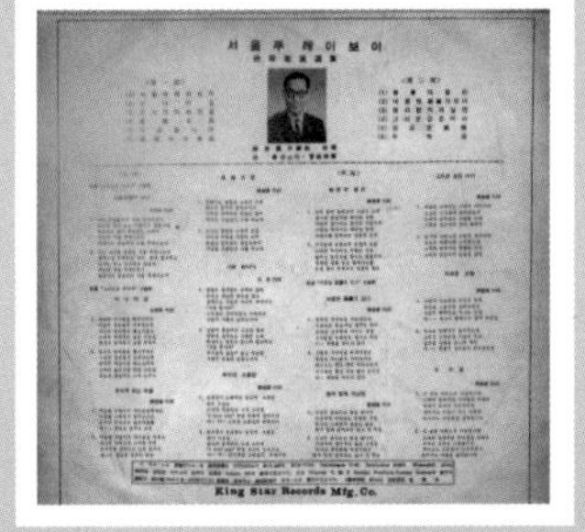
서 울 푸 레 이 보 이

King Star Records Mfg. Co.

5

연애 0번지

최초의 히트곡, 최초의 금지곡

다시 귀경한 남진이 한동훈의 손에 이끌려 도착한 곳은 충무로 우체국 뒤에 있던 건물이었다. 2층으로 올라가니 자그마한 사무실에 오아시스레코드라는 간판이 붙어 있었다. 사무실은 작았으나 1952년에 설립되어 당시 메이저 제작사 중 하나로 손꼽히는 곳이었다. '보슬비 오는 거리'를 히트시킨 성재희, '수덕사의 여승'을 부른 송춘희, '쾌지나칭칭'을 부르며 극장 쇼를 휘어잡던 김상국 등이 전속 가수로 있었다.[29]

남진을 만난 사장은 전속 가수를 제안했다. 음반을 내줄 뿐 아니라 월급도 준다고 하니 마다할 이유가 없었다. 그 자리에서 계약서에 사인을 하고 오아시스레코드 전속 가수 생활을 시작했다. 결론부터 이야기하자면, 약속된 월급은 한 번도 받아보지 못했지만, 그보다 소중한 인연을 만나 가수로서의 입지를 굳힐 수 있었다. 물론 그 결론에 이르기까지 파란만장한 이야기가 펼쳐진다.

또 하나의 인연,
작곡가 김영광

"전속 가수가 되긴 했는데, 당장 뭘 해야 할지는 막막합디다. 일단 월급 준다고 하니까 사무실 나가서 앉아는 있는데, 내가 무명이라 아무도 몰라줬죠. 그래도 사장님이 틈날 때마다 신인 가수라고 이 사람 저 사람에게 소개를 해주셔서 한 분씩 알아갔어요. 그래 봐야 처음 한두 달은 가서 멀뚱히 앉아만 있다 오는 생활이 반복되었어요."

그러던 어느 날, 여느 때와 마찬가지로 사무실 구석에 앉아있는데 누군가가 빼꼼히 문을 열었다. 그러더니 손가락으로 남진을 가리키며 따라오라는 신호를 주었다.

"야, 너 신인이지?"

"예."

"나 작사가 김중순[30]인데, 이 밑에 작곡가 한 분이 계시거든? 내가 소개해줄 테니까, 니가 곡을 한번 부탁드려봐라."

그러고는 사무실 아래 1층에 있는 중국집으로 남진을 데리고 갔다. 네댓 평쯤 되었을까. 해가 아직 중천에 떠 있는데 한 남자가 배갈을 마시고 있었다. 김중순은 남진을 그 테이블로 인도하더니 앉으라고 했다. 자세히 보니 남자는 이미 짜장면을 다 먹고 남은 건더기를 안주 삼아 술을 마시고 있었고, 테이블엔 빨간색 술병이 두세 개 비어 있었다. 김중순이 먼저 입을 뗐다.

"저 김 선생, 이 친구는 신인 무명 가순데, 여기 전속이 되어 있어. 곡을 좀 줘 보셔."

남자는 말없이 남진을 쓱 한 번 훑어보더니, 한참을 대꾸도 안 하고 말없이 술만 마셨다. 그러다 술잔을 탁 내려놓고 일어났다.

"야, 따라와 봐."

남진은 끌려가듯 가게 밖으로 나갔다. 도착한 곳은 옛날 일본식 건물의 여관이었다. 남자는 이곳에서 장기 투숙을 하는 듯했다. 방에 들어가니 기타가 벽에 걸려 있고, 책상이 하나 있었다. 그게 전부였다. 술에 취해 살짝 비틀거리며 기타와 악보를 들고 온 남자는 앉아서 몇 곡을 기타로 연주했다.

"처음 들은 곡부터 귀에 딱 꽂혔어요. '연애 0번지'라는 곡이었는데, 룸바[31] 리듬이 너무 좋은 거예요. 그다음은 '토요일 오후'라는 블루스 느낌의 곡이었는데, 그럴듯하게 들렸죠. 그리고 마지막으로 들려준 트로트 곡은 듣자마자 하기가 싫었어요. 전 예전부터 트로트를 불러본 적도, 좋아해 본 적도 없으니까요. 따라해 보라니까 그러긴 했지만 이 곡만은 정말 하기 싫었어요. 그래도 작곡가 선생님 앞에서 좋다 싫다 말할 수 없어서 그냥 다 하기로 했습니다."

남진이 만난 작곡가의 이름은 김영광. 훗날 나훈아의 '사랑은 눈물의 씨앗', 들고양이들의 '마음 약해서', 주현미의 '짝사랑' 등 주옥같은 히트곡을 내지만, 당시는 이렇다 할 히트곡이 없던 시절이었다. 그는 오아시스와 앨범 하나를 내기로 계약이 되어 있었다. 앨범에는 모두 12곡이 들어갔는데, 네 명의 가수에게 세 곡씩 배당해서 〈김영광 작곡집〉[32]을 만든 것이다. 여기에 참여한 가수들은 오아시스 전속으로 당시 유명했던 성재희와 송춘희, 성태미 그리고 무명 가수 남진이었다.

그토록 피하던
트로트를 녹음하다

곡을 받은 남진은 그날부터 매일 연습실에서 살다시피 했다. 어렵게 다시 주어진 기회였기에 누구보다도 열심히 연습에 임했다.

"그런데 아무리 불러도 트로트 곡은 입에 붙지 않았어요. 내가 어려서부터 팝송만 좋아하고 트로트는 영 별로였거든. 앞의 두 곡은 룸바나 블루스 스타일이어서 좋았는데, 세 번째 노래만 하면 힘이 빠지고 의욕이 안 생기는 거야. 그때만 해도 트로트는 나이 든 사람이나 좋아하는 노래라고 생각해서 더 그랬죠."

눈치를 살펴보니 작곡가 김영광이 유난히 그 노래에 애착이 있어 보여서 넌지시 "이 트로트 곡은 제가 못 할 것 같습니다" 했더니 대뜸 알았다고 했다. 자신이 그 곡을 불러서 기념으로 남기겠다는 것이었다.

사실 김영광은 이 무렵 가수로도 활동하고 있었다. 그는 '송기영'이란 예명으로 무려 10여 장의 앨범을 발표했다. 하지만 앨범에 가수 사진이 한 장도 들어가 있지 않아서, 대부분 송기영이 김영광이란 사실을 알지 못했다.[33] 당연히 남진도 몰랐다. 속으로 쾌재를 부르며 나머지 곡들만 신나게 연습하는 동안 대망의 녹음일이 다가왔다.

녹음은 장충동스튜디오(현 서울스튜디오)에서 이루어졌다. 이곳은 당시 메이저 음반사였던 신세기, 지구, 오아시스, 아세아, 그랜드 등 다섯 곳이 합자해 만든 녹음실이었다. 나머지 군소 음반 회사들은 마장동스튜디오(현 유니버살스튜디오)를 이용했다. 보통은 악단이 먼저 연주를 녹음하고 가수가 노래를 덧입히는 오버 더빙 방식으로 이루어졌는데, 남진이 참여한 앨범은 악단과 가수가 동시 녹음을 했다. 녹음실 사용료를 아끼기 위해서였다. 당연히 녹음 시간은 금싸라기처럼 아껴야 했고, 특히 무명 가수의 실수는 용납되지 않았다.

"지금이야 내 컨디션 맞춰서 녹음을 오후 5시쯤 시작하지만, 그때 무명 가수는 무조건 아침에 가야 했어요. 나는 오전 9시에 나가서 한 시간 목 풀고 10시부터 녹음했죠."

연습을 많이 한 덕분에 남진은 큰 실수 없이 오전 중으로 두 곡의 녹음을 마쳤다. 나머지 유명 가수들은 오후에 와서 자신들의 곡을 녹음했다. 이제 11곡의 녹음이 끝나고 마지막 곡만 남았다. 김영광이 녹음실로 들어가서 노래를 시작했는데, 아뿔싸, 전날 과음한 바람에 목소리가 안 나오는 것이었다. 아무리 다시 불러도 목소리는 계속 갈라지고, 예정된 녹음 시간이 거의 다 끝나가고 있었다. 모두 발을 동동 구르는데, 김영광이 녹음실 문을 확 열고 남진에게 소리쳤다.

"야, 너 지난번에 연습하다 만 노래 다시 한번 해 봐라!"

결국 남진은 그토록 피하고 싶었던 트로트 곡을 녹음하게 되었다.

연예오라

南珍 가수왕 MBC 10大歌手

가수 南珍군(사진)이 MBC개국10주년기념 10대가수 선정에서 올해의 가수왕으로 뽑혀 골든 디스크를 상으로 받았다。

2일 밤6시부터 시민회관에서 열린 개국기념 올스타쇼에서 MBC청취자들이 선정한 남녀각5명씩의 가수중에서 南珍군은 투표에의해 최고인기상을타고 가수왕으로선정되었다。

裵湖 一代作 地球레코드社서

年末대목을 앞둔 레코드제작업계는 인기가수들
의 히트곡집을 여
반하여 치열한 판
을 벌이고있다。
地球레코드회사는
의 스테레오 一代
어 裵湖가 부른
이별」「돌아가는 삼
과 마지막 노래인

앨범 들고
방송국을 누비다

트로트만은 피하고 싶다는 소망을 이루진 못했지만, 두 번째 앨범이 나오자 남진은 뿌듯했다. 참여 가수 중 가장 인기 있었던 성재희의 사진이 제일 크고, 남진은 아래쪽 귀퉁이에 작게 실렸지만 상관없었다. 실패는 성공의 어머니라고 했던가. 이번에는 앨범을 들고 발바닥에 땀이 나도록 방송국을 뛰어다니리라 다짐했다.

1960년대에는 TV 보급 대수가 많지 않아 라디오 방송이 대세였다. 이 무렵 등장한 민간 라디오 방송국(민방)들도 본격적인 라디오 시대를 여는 데 일조했다. 1961년 MBC 라디오를 시작으로 1963년 동아방송, 다음 해에 라디오서울(1966년 동양방송으로 개칭) 등이 잇달아 개국하면서 방송국 간의 경쟁이 치열해지고 새로운 노래에 대한 수요 또한 높아졌다.

"그때 제일 인기 있던 라디오가 동아방송이었는데, 아는 사람도 없이 무작정 찾아갔어요. 지금도 이름을 잊어버리질 않아. 강수향 음악부장님이라고, 원래 테너 가수였는데 은퇴하고 방송국에서 음악 방송 총책임자로 일하고 있었어요. 무턱대고 그분을 찾아가서 앨범을 드리며 인사를 했지."

작업복 차림에 운동화를 신은 스무 살 청년이 넙죽 인사를 하니 강수향도 호기심 어린 표정으로 바라보았다. 앨범을 건네면서, 자신은 주인공이 아니라 여기 구석에 있는 가수라고 넉살 좋게 말하니 피식 웃음을 지었다.

"그래, 여기서 니 노래는 뭐냐? 한번 들어나 보자."

기회를 놓치지 않고 '연애 0번지'를 소개했다. 강수향은 한번 들어보더니 썩 마음에 드는 눈치였다. 당시에는 한명숙의 '노란 샤쓰의 사나이'가 열어젖힌 팝송 스타일 가요의 유행이 최희준의 '맨발의 청춘'으로 이어지고 있었다. 마침 방송국에서도 이런 스타일의 새 노래를 찾고 있던 참이었다.

"네 노래 틀어줄 테니까, 열심히 해라."

"네! 감사합니다, 선생님!"

남진에게는 복권 당첨과 같은 희소식이었다. 머리가 땅에 닿도록 인사를 하고, 이후에도 동아방송을 자주 찾았다. 얼굴을 한 번이라도 더 비추면 노래를 한 번이라도 더 틀어주지 않을까 하는 마음에서였다. 실제로 남진이 얼굴을 보일 때마다 노래가 전파를 탔다. 돈 주고 부탁한 것도 아니고, 그냥 얼굴을 자주 비추니 효과가 나타난 것

1971年9月22日 水曜日 (陰曆 8月4日 경술)

TBC歌謠大賞 南珍·金相姬 受賞

新人賞은 李容馥·文楨善에 영예

南珍

金相姬

「讀書週間」맞아 책읽기 캠페인활발

金喜甲씨 한시간 국립圖書館長으로

金喜甲

이다. 이렇게 몇 번 방송을 타니 대중들의 반응이 오기 시작했다. 이제는 남진이 안 가는 날도 동아방송에서 '연애 0번지'를 틀었다.

"6개월쯤이 지나자 여기저기 다른 방송국에서도 내 노래가 나오는 거예요. MBC, KBS, 동양방송, 기독교방송까지 모두 다요. 심지어 하루에 네댓 번까지도 방송을 탔어요. 정말 하늘로 날아오르는 기분이었죠."

드디어 무명 가수의 설움을 벗어나게 되는 걸까. 하지만 운명은 아직 시련을 남겨 놓고 있었다.

연애가 '0번지'면 노래가 퇴폐라고?

'연예 0번지'가 계속 좋은 반응을 얻고 있던 어느 날, 여느 때처럼 동아방송을 찾은 남진은 강수향에게 특유의 밝은 목소리로 인사했다. 그런데 남진을 본 그의 표정이 어두워졌다.

"야, 큰일 났다."

"선생님, 왜요?"

"네 노래가 금지곡이 되었어."

금지의 시대, 통제의 시대였다. 5·16쿠데타로 정권을 잡은 박정희는 정치뿐 아니라 사회문화 전반에 대한 통제를 강화했다. 일환으로 문화계에 각종 윤리위원회를 설치했는데, 그중 방송윤리위원회(방윤)와 공연윤리위원회(공윤), 예술문화윤리위원회(예륜) 등을 통해 가요를 검열했다. 이름처럼 방윤은 방송, 공윤은 공연, 예륜은 음반

검열을 맡았다. 금지 사유는 왜색, 표절, 창법 저속, 가사 저속, 퇴폐, 품위 없음, 불건전, 치졸, 허무 등이었다.[34]

표절을 빼면 어떤 객관적인 기준도 없는 자의적 판단에 의한 것들이었다. 귀에 걸면 귀걸이, 코에 걸면 코걸이였던 셈이다.

아무리 그래도 남진은 도무지 '연예 0번지'가 금지곡이 된 이유를 짐작조차 할 수 없었다. 당시 가장 흔한 금지 사유 중 하나가 트로트를 겨냥한 왜색 시비였으므로 혹시나 심의위원들이 착각했나 싶어 억울한 심정으로 물었다.

"아니, 부장님 이게 트로트도 아닌데 왜 금지곡이랍니까?"

돌아온 강수향의 대답은 전혀 상상하지 못한 것이었다.

"퇴폐래, 퇴폐."

더 이해할 수가 없었다. 노래 가사 어디에도 퇴폐적인 내용이 없었기 때문이다.

"선생님, 어디가 퇴폐입니까? '호수 같은 내 마음, 태양처럼 뜨거워. 그리워. 그리워 애타는 심정' 어디가 퇴폐라는 거예요?"

"연애 0번지, 연애 0번지가 퇴폐라 하네."

남진은 기가 찼다.

"아니, 그러면 선생님, 연애 5번지로 할까요? 9번지로 해야 합니까? 편안하게 0번지라고 붙일 수 있는 거 아닙니까? 번호 중에 제일 좋은 번호가 0번 아닙니까? 그러면 다른 숫자라도 붙여야 하는 건가요?"

강수향은 말이 없었다. 금지곡으로 한 번 지정되어 통지가 떨어지면 그날로 끝이었다. 이의를 제기해봐야 더 찍히기나 할 뿐이기에 그저 받아들이는 것 말고는 다른 방도가 없었다. '연애 0번지'는 그날로 대한민국 방송에서 퇴출당하고 말았다.

'연애 0번지'

남진의 최초 히트곡이자 최초 금지곡. 경쾌한 쿠바 민속 춤곡인 룸바 리듬에 청춘의 사랑을 그린 노랫말을 담아, 그 무렵 이촌향도의 물결을 타고 서울로 온 젊은이들에게 큰 인기를 끌었다. 하지만 "달콤한 입술로 약속하는 연애 0번지"라는 가사가 '퇴폐'라는 어이없는 이유로 금지곡이 되어, 인기 가수로 발돋움하려는 남진에게 큰 좌절을 안겼다.

'연애 0번지'는 당시 트로트와 양강 구도를 이루던 팝송 스타일의 가요로, 감미로운 남진의 보컬에선 여전히 최희준의 영향이 느껴지지만 '서울 푸레이보이'보다는 자기 색깔이 드러난다. 30년 넘게 금지곡으로 묶여 있다가 1987년 민주화 이후 해금되었다.

이 노래를 작사한 김중순은 이후 작곡까지 영역을 넓혀 채은옥의 '빗물', 김수희의 '잃어버린 정', 와일드캐츠의 '십오야', 김중순의 '부산갈매기' 등을 연속으로 히트시키며 1970~80년대 최고의 히트곡

메이커로 자리잡았다. 작곡가 김영광 또한 나훈아의 '사랑은 눈물의 씨앗', 주현미의 '잠깐만' '짝사랑' '또 만났네요', 태진아의 '선희의 가방' '미안 미안해' '거울도 안 보는 여자', 강승모의 '무정 부르스' 등 주옥같은 인기곡들을 만들어냈다.

6

울려고 내가 왔나

'인기 가수 남진'의 탄생

손에 잡힐 듯했던 성공이 하루아침에 사라졌다. 눈앞이 깜깜해진 남진은 방송국에서 나와 근처 포장마차로 향했다.

"내가 술을 못 해요. 안 먹는 게 아니고 몸에서 안 받아. 평소 같으면 술자리에 가도 소주 한두 잔이면 끝인데, 그날은 소주 한 병을 다 먹었다니까. 어떻게 여기까지 왔는데, 그 젊은 나이에 심정이 어떻겠어요. 더구나 그 무렵 아버님까지 돌아가셨어. 이제야 성공해서 저세상 아버님께 조금은 떳떳해지나 싶었는데, 정말 가슴이 찢어지는 것 같았죠."

그렇게 며칠을 술로 보내는데, 어머니가 올라오셨다. 아들의 몰골을 본 어머니는 무슨 일이 있다는 걸 바로 알아채셨다. 거짓말할 기운도 남아있지 않아 순순히 이실직고했다. 언제나 든든한 후원자였던 어머니는 아들의 기운을 북돋워주면서 지나가듯 한마디를 덧붙였다.

"얘야, 그런데 말이다. 나는 이번 네 노래 중에 그게 마음에 들더라. '영산강아, 말을 해다오' 하는 노래 말이야."

이 말만 남기고 어머니는 두둑한 용돈을 주고는 다시 목포로 내려가셨다. 홀로 남은 남진은 생각했다. '설마 그 노래가 마음에 드신다고? 그 노래를 해보라고?' 어머니가 권한 노래는 그토록 하기 싫어했던 트로트, '울려고 내가 왔나'였다.

막다른 골목에서 만난 한 줄기 희망의 빛

어차피 금지곡 판정으로 다 포기하고 있던 마당에 밑져야 본전이었다. 다시 방송국을 찾았다. 강수향은 '쟤가 또 왜 왔나?' 하는 눈빛으로 남진을 바라봤다.

"선생님, 제가 이번에 한 노래 중에 '울려고 내가 왔나' 있잖아요. 그거라도 어떻게 좀 해주시면 안 되겠습니까?"

강수향은 안쓰러운지 흔쾌히 알았다고 하면서 남진을 돌려보냈다. 일주일 뒤 남진은 다시 방송국에 들렀다. 별 기대는 없었다. 포기할 수는 없어 지푸라기라도 잡는 심정으로 방송국들을 돌았다. 그런데 남진을 본 강수향이 먼저 반갑게 말문을 열었다.

"야, 이 노래가 반응이 더 좋다."

"예?"

남진은 믿을 수 없었다. 그냥 실의에 빠진 자신을 달래 주려고 하는 말이라는 생각이 먼저 들었다. 단 한 번도 마음에 들었던 적이 없던 노래. 그래서 연습하다가 말아버린 노래. 갑작스럽게 작곡가가 목이 아파서 억지로 부르게 된 바로 그 노래. 그런 노래가 반응이 좋을 거라고는 상상조차 하기 힘들었다.

"에이, 선생님, 그냥 좋게 말씀해 주시는 거 아녜요? 그 트로트가 뭔 반응이 있대요?"

"야, 아니야. 지금 반응이 좋아서 지방에서도 연락이 오고 있다니까!"

얼떨떨했다. 아무래도 믿기 힘들어서 기독교방송으로 발걸음을 옮겼다. 그런데 거기서도 같은 말을 들었다. 부탁하니 튼 건 맞는데, 몇 번 틀다 보니까 여기저기서 전화가 온다는 것이다. '아, 이게 가짜가 아니구나.' 남진은 그날부터 방송국을 더 열심히 다니며 더 열심히 틀어 달라고 부탁했다.

며칠 뒤 오아시스레코드 사장이 찾는다는 연락을 받았다. 사장은 전속계약을 맺은 날 이후로 단 한 번도 남진을 찾은 일이 없었다. 혹시나 안 좋은 일이 아니길 바라며 사무실로 갔다. 느닷없이 찾아온 불운의 충격에서 아직 벗어나지 못한 상태였다. 하지만 이번엔 행운이 손짓했다.

"야, 지금 난리가 났다. 청계천에서 전화가 쉬지 않고 오고 있어. 판을 다시 찍어야겠다!"

당시 서울의 음반 도매상들이 전부 청계천 일대에 있었다. 전국

도매상들이 청계천에 연락하고, 청계천에서 각 음반사에 판매와 관련된 연락을 취하는 구조였다. 전국의 도매상에서 '울려고 내가 왔나'를 찾는 사람들이 너무 많으니 판을 다시 찍어서 내려보내라고 난리가 난 것이었다.

화가 복으로,
불운이 더 큰 행운으로

진짜로 판을 다시 찍었다. 그것도 아주 많이. 이번에는 남진의 노래 '울려고 내가 왔나'가 앨범 표지에 타이틀로 올랐다. 판이 나오자 사장은 다시 남진을 불렀다.

"너 나랑 지금 좀 같이 가야겠다."

그날 밤 남진과 오아시스레코드 사장은 갓 찍어낸 판을 들고 야간열차를 타고 지방으로 향했다. 부산, 대구, 대전, 광주 등을 돌며 사장은 남진을 관계자들에게 소개해주었다. "얘가 '울려고 내가 왔나' 부른 애예요"라고 하면 사람들이 다들 놀랐다. 트로트를 불렀으니 당연히 중년쯤으로 생각했는데 웬 스무 살짜리 귀공자처럼 생긴 청년이 앞에 서 있었기 때문이다.

그렇게 사장을 따라 전국을 도는데도 남진은 실감이 나지 않았다.

서울 안암동 집으로 돌아오고 얼마 지나지 않아 택시를 탔는데, 라디오에서 많이 듣던 목소리가 흘러나왔다. 바로 '울려고 내가 왔나'였다. 택시에서 자신의 노래를 들은 건 처음이라 바로 알아채지 못했다. 여전히 꿈인 듯 신기한 경험이었다. 더 신기한 건 기사가 라디오에서 흘러나오는 노래를 따라 부르면서 흥얼거리는 것이었다. 남진은 '이 노래 부른 사람이 바로 저예요!'라고 말하고 싶은 걸 꾹 참고 물었다.

"아저씨, 이거 뭔 노래에요?"

"아, 이거 요즘 나온 노랜데, 아주 기가 막혀."

"그거 누가 불렀대요?"

"남진인가… 조금 나이가 있는 사람인가 봐."

차에서 내린 남진은 머릿속이 복잡했다. 이게 꿈인가 생시인가. 어떻게 이런 일이 있을 수 있는가.

"그때 기분을 지금도 잊지를 못해요. '인생사 새옹지마'라는 말이 절로 떠오릅디다. 애당초 부를 생각이 없었던 곡인데 작곡가가 술에 취해서 하기 싫은 걸 할 수 없이 불렀고, 다행히 다른 노래가 인기를 끌다가 금지곡이 되어버렸고, 어머니가 이 노래 좋다고 해서 방송국에 부탁할 때도 이게 터질 거란 생각은 한 번도 안 했어요. 근데 그해 우리나라 가요를 통틀어서 최고 히트곡이 바로 '울려고 내가 왔나'였어요."

만약 남진이 바란 대로 트로트 곡 녹음을 하지 않았더라면? '연애 0번지'가 금지곡이 안 되어 계속 인기를 끌었더라면? 물론 그것도 좋았을 테지만 이 정도로 대박이 나진 않았을 것이다. 여기에 우이동 산장에서부터 한동훈음악학원, 첫 앨범 실패, 오아시스레코드와의 인연까지 생각하면 정말 남진이 이야기한 '인연과 행운의 음악 인생'이 그대로 적용되는 셈이다.

시대가 만든
인생 대박곡

'울려고 내가 왔나'의 성공에는 인연과 행운 말고도 또 하나의 요인이 있었다. 바로 '시대'다. "울려고 내가 왔나 누굴 찾아 나 여기 왔나, 낯설은 타향 땅에 내가 왜 왔나"로 시작하는 가사가 당시 시대 상황과 딱 맞아떨어져 사람들의 심금을 울린 것이다. 그만큼 낯선 타향 땅에서 고생하며 눈물 흘리는 사람이 많았다. 이들은 1960년대 이촌향도의 물결을 따라 농촌에서 도시로 이주한 사람들이었다.

이러한 현상은 경제개발 5개년 계획으로 상징되는 국가 주도 산업화 정책으로 인해 시작되었다. 거기에 한국전쟁 이후 베이비붐 현상으로 인구 증가가 가세하면서 확대되었다. 1959년 약 200만 명이던 서울 인구는 1963년에 약 300만 명으로 늘어났으며 다시 5년 만인 1968년에는 약 400만 명이 되었다. 10년도 안 되는 기간에 서울 인구가 두 배로 늘어난 것이다.[35] 먹고 살기가 힘들어서, 혹은 부푼 꿈을 안고 서울로 올라온 사람들의 생활은 녹록지 않았다. 무작정 서울에 온다고 직장이 있는 것도 아니었고, 직장을 얻는다 하더라도 가족을 부양하기에 턱없이 부족한 임금을 받았다. 고향을 떠나와 홀로 타향살이 하는 이들에게 '울려고 내가 왔나'는 '나의 이야기'를 담은 곡이 되었다.

그 무렵 트로트는 시대상을 반영하며 '향토적 정서를 품은 전통가요'라는 이미지를 형성해갔다. 트로트와 라이벌 구도였던 팝송 스타일의 가요가 도시의 세련된 정서와 연애에 들뜬 청춘을 노래한 것과 대비된다. 또한 초창기 5음계 2박자에서 7음계 4박자로 변화하면서 보다 안정적인 느낌을 주었다.[36] 이후 일본 엔카의 영향이 약해지면서 한국 트로트만의 독자적인 스타일을 구축했다.

"고향을 떠나온 사람들 말고도 이 노래를 좋아했던 부류가 있었어요. 바로 군대였죠. 그 무렵 군대에 있던 친구들에게 들으니, 훈련 디지게 받고 나면 '울려고 내가 왔나~' 하고 안 부르는 놈이 없었다는 거야. 난 이 노래가 바로 그 시대였다고 생각해요."

남진은 지금도 자신의 인생 대박곡으로 이 노래를 꼽는다. '님과 함께', '그대여 변치마오', '가슴 아프게', '둥지' 등 수많은 히트곡을 제치고 말이다.

"대한민국에 남진이란 이름 두 글자를 처음 알린 노래이기 때문이에요. 달리 말하면 땡전 한 푼 없는 가난뱅이에서 처음 목돈이 들어온 거예요. 어느 정도 먹고살 만해진 다음에 생기는 돈이 더 거대한들 처음 목돈만큼 가치를 느낄 수는 없죠."

이번에는 왜색 시비?

우여곡절 끝에 남진이란 이름을 세상에 알린 '울려고 내가 왔나' 또한 얼마 지나지 않아 금지곡이 되었다. 이번에는 퇴폐가 아닌 '왜색'을 문제 삼았다. 여기에는 공보부(1968년 문화공보부로 바뀜)에 의해 추진된 '가요 정화 운동'의 영향이 컸다. 이런 흐름은 1967년 특히 강력해져 이 해에만 무려 234곡이 방송 금지곡으로 지정되었다. 남진의 '울려고 내가 왔나'도 그중 하나였다.[37]

왜색 가요에 대한 비판은 이때가 처음은 아니었다. 광복 이후부터 일제 잔재 청산의 일환으로 왜색 가요 문제가 제기되었다. 공격 대상은 일본 음악의 영향을 받은 트로트 계열이었다. 이런 움직임은 1950년대에 이르러 왜색 가요 배격으로 확산했다가 1960년대 중반 정부가 왜색 가요를 무더기로 금지곡으로 지정하면서 본격화되었다.

왜색 가요 금지는 전두환 정권 때도 지속되었다. 1987년 민주화 이후에야 자유롭게 방송을 탈 수 있었다. 남진의 '울려고 내가 왔나' 도 마찬가지였다. 하지만 '연애 0번지' 때와는 상황이 전혀 달랐다. 이미 남진이란 이름 두 글자가 대중들의 마음속에 깊이 새겨졌기 때문이다. 그리고 '울려고 내가 왔나'가 금지곡이 되던 해, 남진은 더 큰 히트곡을 발표한다.

사랑은

'울려고 내가 왔나'

대중들의 머릿속에 '가수 남진'을 각인시킨 첫 히트곡. 오아시스레코드에서 발매한 작곡가 김영광의 작품집에 '연애 0번지'와 함께 수록된 노래로, 원래는 김영광이 직접 부르려고 했으나 전날 과음으로 목소리가 나오지 않아 남진이 대신 녹음했다. 앨범 발매 후 먼저 인기를 끌던 '연애 0번지'가 금지곡으로 묶이면서 대타로 민 것이 훨씬 더 큰 대박을 터트렸다. 덕분에 스탠더드 팝 가수로 데뷔한 남진은 '트로트의 떠오른 별'이 되었다. 이 곡의 인기에는 1960년대 본격적인 산업화에 따른 대규모 이촌향도 등 시대 분위기가 한몫했다.

'울려고 내가 왔나'는 발표 이듬해 동명의 영화로도 만들어졌다. 여기서 남진이 주연을 맡았다. 어린 시절부터 바랐던 영화배우의 꿈을 노래로 이룬 셈이다. 여자 주인공은 1960년대 여배우 트로이카 중 하나였던 남정임이었는데, 남진과 한양대학교 연극영화과 같

by 남진

은 학번 친구였다. 이 영화에서 남진은 어린 시절 부모에게 버림받고 결국 가수로 성공하는 역할을 맡았다. 영화 속 히트곡도 '울려고 내가 왔나'였다. 이 영화를 시작으로 남진은 무려 60여 편의 작품에 주연으로 출연했다.

7

가슴 아프게

인기 가수에서 톱스타로

第5回

南珍리사이틀

■로큰롤 음악의 王者「엘비스·프레슬리」의 감미롭고 독특한 목소리와 그모습을……

AAA 아푸로덕숀

지휘 김영호
연출 이영식
구성 김일태

●주최·아세아푸로덕숀
●후원·TBC—TV 중앙일보
●협찬·오아시스레코오드사

'울려고 내가 왔나'의 성공은 남진의 모든 것을 바꿔 놓았다. 무엇보다 이전까지 무대 아래서 선망의 눈빛으로 올려다보던 사람들과 어깨를 나란히 할 수 있게 되었다.

"무명 가수 시절에 최희준 선배랑 사진 같이 한 장 찍으려고 몇 시간을 기다린 적도 있어요. 그때 사진 기자로 일하던 고향 선배에게 특별히 부탁했는데, 말을 전해 들은 최희준 선배가 흔쾌히 승낙해 주셔서 가능한 일이었죠. 근데 이제는 먼저 날 알아봐 주시고, 이름도 불러주고 그러니까 너무 좋은 거예요. 그 입장이 안 되어본 사람은 몰라. 어휴, 정말 말할 수 없이 좋았어요."

옛날엔 쳐다도 보지 못했던 신성일, 엄앵란 같은 스타들도 만났다. 신인이 감히 서기 힘든 공개 방송 무대도 서보고, 여러 극단의 쇼에서 초청도 쏟아졌다. 만나는 사람들이 달라진 것이다. 그리고 그 사람들 가운데 작곡가 박춘석이 있었다.

'음악 천재'
박춘석을 만나다

1960년대 이봉조, 길옥윤과 더불어 '가요계의 삼정승'[38]으로 불리던 박춘석은 자타가 공인하는 음악 천재였다. 1930년 5월 8일 조선고무공장 사장 박영근의 아들로 태어난 박춘석은 네 살 때부터 풍금을 능숙하게 다뤘다고 한다. 고등학교 1학년 때 길옥윤과 베니 김 등의 제의로 명동 황금클럽 무대에 서면서 재즈 피아니스트로 활동을 시작했다. 그러다 1954년 백일희의 '황혼의 엘레지'를 통해 처음 작곡가로 데뷔했고, KBS 경음악단장을 맡았다. 1955년 오아시스레코드 전속 작곡가가 되어, 이듬해 손인호의 '비 내리는 호남선'이 크게 히트하면서 스타 작곡가로 올라섰다.

이 노래의 히트에는 우연한 사건도 한몫했다. 앨범이 발매되고 얼마 뒤 제3대 대통령 선거를 불과 열흘 앞두고 유력한 야당 후보였던 신익희가 호남선을 타고 지방 유세를 가던 중 심장마비로 사망한 것이다. 이를 안타깝게 여긴 사람들이 '비 내리는 호남선'을 부르며 정치 지도자의 갑작스러운 죽음을 애도했다. 덕분에 '비 내리는 호남선'은 국민가요가 될 정도로 인기를 끌게 되었다.

박춘석이 스타 작곡가로 입지를 굳힌 건 1964년 지구레코드로 이적해 이미자와 콤비를 이루면서부터였다. 당시 지구레코드는 이미자의 '동백아가씨' 덕분에 굴지의 메이저 음반사가 되어 오아시스레코드 전속이었던 박춘석과 남진까지 스카우트했다. 지구레코드로 소속사를 옮긴 뒤 박춘석은 트로트 장르의 노래를 본격적으로 작곡했다. 이미자가 노래한 '섬마을 선생님', '기러기 아빠', '흑산도 아가씨', '황혼의 블루스' 등이 잇달아 히트하면서 대한민국 대표 스타 작곡가로 군림했다. 이후 수많은 가수를 스타덤에 올려놓으면서 박춘석 사단을 이끌었는데, 그가 이미자, 패티김 다음으로 선택한 가수가 남진이었다.

"박춘석 선생님은 진정한 예술가였어요. 자존심이 굉장했지만 아이처럼 순수한 면도 있으셨죠. 저를 친동생처럼 아껴주셨지만, 노래할 때는 칼같이 엄격했습니다. 연습하다 박자가 틀리면 어김없이 꿀밤이 날아왔어요. 피아노를 치는 분이라 손힘이 어찌나 세던지 한 방만 맞아도 혹이 날 정도였어요(웃음)."

천재 작곡가 박춘석과 작업을 한다니, 장르는 아무래도 상관없었다. '울려고 내가 왔나'의 성공 과정에서 남진은 트로트에 대한 선입견도 버렸다. 자신의 노래를 듣고 눈물 흘리는 팬들을 보면서 깨달

쾌활한 사나이

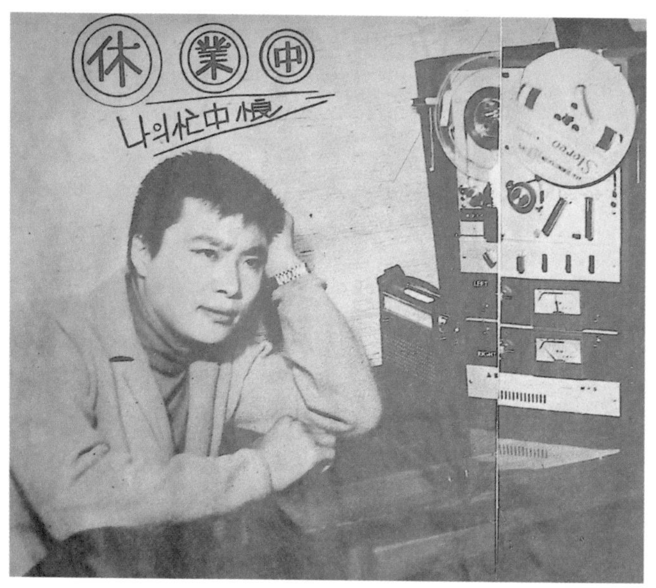
休 業 中

았다. 대중을 감동시키고 즐겁게 만드는 노래라면 장르는 전혀 중요하지 않다는 것을. 그렇게 또 하나의 트로트 명곡이 탄생했다.

또 하나의 트로트 명곡 '가슴 아프게'

"가수에게는 첫 히트곡보다 두 번째가 더 어려워요. 두 번째가 이전 것보다 더 좋지 않으면 대중들이 외면하거든요. 웬만큼 좋아서는 두 번째 히트가 어렵다는 말이죠. 우리나라에도 히트곡 하나 내고 사라진 가수가 수백, 수천이에요. 이때 박춘석 선생님을 만난 게 정말 인생의 행운이었죠."

'가슴 아프게'는 나오자마자 말 그대로 대박이 났다. 흥행 보증수표인 박춘석이 만들고 떠오르는 인기 가수 남진이 불렀으니, 방송국을 찾아다니며 로비할 필요도 없었다. 무엇보다 듣는 이의 심금을 울리는 멜로디와 노랫말이 사람들의 마음을 사로잡았다. 여기에 이십 대 초반이라는 나이가 믿기지 않을 정도로 중후하고 호소력 짙은 남진의 목소리가 더해지면서 시대를 뛰어넘는 명곡이 되었다. '울려고 내가 왔나'를 통해 떠오르는 인기 가수가 되었다면, '가슴 아프게'는 남진을 명실상부한 톱스타로 올려놓았다. 덕분에 많은 사람들이 이 노래를 남진의 데뷔곡으로 착각하기도 한다.

큰 인기를 끈 데는 시대의 아픔을 담아낸 노랫말도 한몫했다. '울려고 내가 왔나'가 먹고살기 위해 고향을 떠나서 도시로 가야 했던 현실을 반영했다면, '가슴 아프게'는 현해탄을 사이에 두고 고국에 올 수 없었던 재일 동포의 아픔을 담았다. "당신과 나 사이에 저 바다가 없었다면 쓰라린 이별만은 없었을 것을"으로 시작하는 가사에는 "해저문 부두에서 떠나가는 연락선"이 나온다. 작사가 정두수는 이 노래의 가사를 인천 연안부두에서 연락선을 타고 일본으로 떠났던 막냇삼촌을 생각하며 지었다고 한다. 이후 일본 가수 미즈타니 가오루가 일본어로 불러 재일 동포들 사이에서 큰 인기를 끌었으며, 일본 진출에 성공한 이성애와 김연자 또한 이 곡을 일본어로 불렀다.

'가슴 아프게'가 발표된 1967년은 한일협정으로 일본과의 국교가 정상화된 지 2년째 되는 해였다. 졸속이자 굴욕이라며 국민 대다수의 비판을 받던 한일협정이 우여곡절 끝에 체결되자 해방 이후 끊겼던 연락선이 운행을 재개했다. 덕분에 양국 사이에 인적 교류가 늘면서 대한해협을 사이에 둔 로맨스도 많이 생겨났다고 한다. 지금처럼 교통과 통신이 발달하지 않은 시기였으니 바다를 사이에 둔 연애가 쉽지 않았을 것이다. 바다가 갈라놓은 연인들의 애틋함이 대중들의 마음을 사로잡았던 걸까. 이 해 남진은 MBC 신인가수상을 받았다. 이것은 톱스타 남진의 탄생을 알리는 예고편이었다.

무대와 스크린을 동시에 장악하다

'가슴 아프게' 또한 '울려고 내가 왔나'처럼 영화로 만들어졌다. 이번에도 남진은 주인공을 맡았다. 상대역은 남정임, 윤정희와 함께 여배우 트로이카를 이루던 문희였다. 톱스타의 반열에 오르자 영화 출연 요청이 쇄도하기 시작했다. 어린 시절부터 영화배우가 꿈이었기에 몰려드는 출연 요청에 가능하면 응했다. 덕분에 스크린 데뷔 첫해에만 주연을 맡은 영화가 무려 5편이나 연달아 개봉했다. 그중 윤정희와 함께 출연한 〈그리움은 가슴마다〉는 국도극장에서 개봉해 10만 명의 관객을 동원한 흥행작이 되었고, 지방에서도 폭발적인 흥행 기록을 올렸다.[39] 거리에는 온통 남진의 사진이 실린 영화 포스터가 나붙었고, 라디오에서는 쉴 새 없이 그의 노래가 흘러나왔다. 히트곡은 영화로, 영화는 다시 주제가의 히트로 이어졌다. 이런 겹치기 출연은 1970년대 중반까지 이어졌고, 그동안 남진은 62편의 영화에 주연으로 출연했다. 무대를 넘어 스크린까지 장악한 셈이다.

"그때는 영화 한 편 찍는 데 지금처럼 오래 걸리지 않았어요. 그래도 앨범 녹음과 방송 출연, 극장 쇼까지 했으니 정말 살인적인 스케줄에 시달렸죠. 거의 차에서 지내던 시절이었어요. 밥도 이동하는 차에서 먹고, 잠도 차에서 자고. 그래도 이십 대니까 해낸 거죠. 지금 같으면 어림없어요."

지금처럼 동시 녹음이 아니라 후시 녹음이었던 것도 남진에게는 다행이었다. 아니었으면 애틋한 로맨스와는 거리가 먼, 걸쭉한 전라도 사투리가 그대로 나왔을 테니 말이다. 영화 촬영 덕분에 처음 해외에도 나가보았다. 박춘석이 작곡한 '지금 그 사람은'이란 노래를 바탕으로 라디오 드라마가 만들어졌는데, 노래와 드라마가 모두 인기를 끌자 자연스럽게 영화 제작으로 이어졌다. 마침 내용이 일본에 오가며 사랑을 쟁취하는 젊은이의 이야기라 일본에서 현지 촬영을 했다. 가까운 일본이었지만, 당시에는 아무에게나 여권이 나오던 시절이 아니었다. 더구나 당시 남진은 아직 군대에 가기 전이라 여권을 받기가 더 까다로웠다. 촬영 날짜가 임박해서야 어찌어찌 여권을 받아서 겨우 일본에 다녀올 수 있었다.

"영화도 영화지만 그때는 극장 쇼도 참 많이 다녔어요. 한번 하면 최하 일주일, 길면 두세 달 동안 이어졌죠. 보통 하루에 네 번 공연하고, 모두 같이 여관에서 자고, 다음 날 새벽에 다른 곳으로 이동해서 또 공연하고…. 그나마 선천적으로 술을 못 했기에 이런 스케줄을

第16147號 조선일보 西紀1973年 9月27日 木曜日

韓國·버마·말聯·크메르 4强, 頂上향해 내일 결전

말聯, 버마를 3對1로 꺾고 B組수위
印尼, 크메르에 3對2 逆轉敗

成大, 決勝리그에
大學야구 B組 慶熙와 1對1 비겨

4千m 團體추발 韓國팀 2位차지

年內 「傳說의 記錄」 못깰듯

소화했지, 그러지 않았으면 벌써 나가떨어졌을 거예요. 전에는 술을 못 하는 것이 좀 아쉽기도 했는데, 지금 생각하면 그것 또한 행운이었던 것 같아요."

살인적인 스케줄은 엄청난 수입으로 이어졌다. MBC 10대가수상을 받은 1968년, 남진은 연예인 세금 납부 실적 1위에 올랐다. 이렇게 벌어들인 돈은 모두 어머니가 관리했다. 어려서 고생을 해본 적도 없고, 일찍 가수로 성공한 탓에 남진에게는 경제관념이 별로 없었다. 대신 오래전부터 아버지의 사업을 도왔던 어머니는 돈 관리하는 법을 잘 알았다. 어머니는 언제나 그에게 든든한 버팀목이 되어 주었다.

장르 넘나들며 인기를 이어가다

남진과 박춘석이 트로트 곡만 발표한 건 아니었다. 일 년에 두세 곡 이상 나오는 히트곡 중에는 다양한 장르의 노래들이 있었다. '가슴 아프게'와 같은 해 발표한 '마음이 고와야지' 같은 곡들이 그렇다.

"정말 박 선생님은 못 다루는 장르가 없었어요. 재즈 피아니스트 출신이라 그런지 외국 음악에도 아주 능통했죠. '마음이 고와야지'는 트위스트 느낌의 곡이에요. 당연히 무대에서 흥겹게 춤을 추며 노래를 불렀지. 그런데 당시 트로트 가수 중에는 춤을 추는 사람이 없었어요. 춤을 추며 노래하는 가수들은 모두 팝송 스타일 노래를 불렀거든. 나처럼 트로트와 팝을 오가며 노래하는 사람은 아주 드물었어요."

1960년대 후반에도 트로트와 팝의 양강 구도가 이어지고 있었다. 그리고 전자에 박춘석 사단이 있었다면, 후자를 대표하는 건 신중현 사단이었다. 박춘석 사단에는 이미자와 패티김, 남진, 나훈아, 문주란, 정훈희, 하춘화 등이 있었고, 신중현 사단에는 펄 시스터즈, 이정화, 김추자, 박인수, 장현, 김정미 등이 있었다. 물론 박춘석 사단에 트로트 가수만 있는 건 아니었다. 패티김이나 정훈희처럼 스탠더드 팝 가수도 있었고, 남진처럼 두 가지 장르를 오가는 가수도 있었다.

박춘석이 재즈 피아니스트 출신이라면, 신중현은 미8군 쇼 무대를 휘어잡던 기타리스트였다. 당시 미국에서 유행하던 록과 소울, 사이키델릭 등에 정통했던 신중현은 펄 시스터즈를 시작으로 수많은 가수를 발굴하고 그들에게 곡을 주어 히트시키면서 '히트곡 제조기'라는 별명을 얻었다. 펄 시스터즈의 '님아'와 '커피 한잔', 김추자의 '님은 먼 곳에' '거짓말이야' '월남에서 돌아온 김상사', 박인수의 '봄비' 등이 모두 신중현의 작품이었다.

특히 1968년 데뷔한 펄 시스터즈는 허스키한 보이스와 빼어난 미모, 무엇보다 환상적인 춤으로 대중을 사로잡았다. 이듬해 데뷔한 김추자 또한 뛰어난 가창력과 화려한 춤으로 펄 시스터즈보다 더 오랫동안 정상을 지켰다. 당시 인기였던 청자 담배에 빗대어 '담배는 청자, 노래는 추자'라는 말이 유행할 정도였다.

남진은 박춘석 사단의 가수답게 애절하게 트로트를 부르면서, 신중현 사단의 가수들 못지않게 화려한 무대를 선보였다. 엘비스 프레슬리를 연상시키는 의상에 무희들과 함께하는 춤과 퍼포먼스는 특히 여성 팬들을 사로잡았다. 어린 소녀 팬들은 남진을 볼 때마다 "오빠"를 연호했다. 대한민국 최초의 '오빠 부대'가 시작된 셈이다.

歌手生活 10週年総決算! 記念大公演
NAM JIN SPECIAL
南珍
리사이틀 第5弾

'가슴 아프게'

인기 가수 남진을 톱스타로 만들어준 메가 히트곡. 바다 건너 떨어져 있는 연인에 대한 그리움을 애절하게 노래해 일세를 풍미했다. 이 노래는 동명의 영화로도 만들어져 남진이 주연을 맡기도 했다. 또한 한일협정이라는 시대적 배경과 맞물리면서 재일 동포들 사이에서 널리 불렸고, 일본인 가수와 일본에 진출한 한국인 가수들이 일본어로 불러 일본에서도 인기를 끌었다.

'가슴 아프게'는 당대 최고의 작곡가인 박춘석이 멜로디를 만들고, 그와 콤비를 이루어 작업하던 정두수가 가사를 썼다. 박춘석은 당대 최고의 가수들로 이루어진 '박춘석 사단'을 이끌면서 40여 년간 2,700여 곡의 가요를 작곡했다. 현재 한국음악저작권협회에 등록된 곡만 1,152곡으로 개인 최다 기록이다. 작사가 정두수 또한 1963년 진송남의 '덕수궁 돌담길'을 시작으로 50여 년간 무려 3,500여 곡의 가사를 썼다고 한다. 남진의 '가슴 아프게' 외에 이미자의 '흑산도

by 남진

아가씨', 나훈아의 '물레방아 도는데', 은방울자매의 '마포종점' 등을 썼다. 그의 가사는 대중성뿐 아니라 작품성까지 인정받아 각종 시상식에서 400여 차례나 상을 받았고, 전국 13곳에 노래비가 세워져 있다.

8

Good Morning Vietnam

월남으로 파병된 '한국의 엘비스'

천만 관객의 영화 〈국제시장〉의 한 장면. 전쟁이 한창인 베트남에 기술자로 파견된 주인공 덕수(황정민 분)와 친구 달구(오달수 분)는 베트콩을 만나 죽음의 위기를 맞는다. 그때 잘생긴 한국 해병대원이 나타난다. 군인을 본 덕수는 무조건 엎드려 빌면서 말한다.

"살려주이소, 살려주이소!"

"아따, 해병대요, 해병대. 요기서 도대체 뭘 하는 거요 시방. 여긴 지금 베트콩에 모두 점령당해부렀소. 작전 중인 미군덜도 싸그리 빠져나갔소잉. 그니까 싸게싸게 따라오씨오."

"저, 혹시 남진 아입니꺼?"

"아따, 이놈의 인기는 전후방을 안 가리는구먼."

물론 영화 속 에피소드는 허구다. 하지만 남진이 월남전에 참전한 것은 사실이다. 그것도 군 위문대가 아닌 전투부대로 전장에 투입되어 죽을 고비를 몇 번이나 넘겼다. 인기 절정의 톱스타가 전장으로 향하게 된 데에는 당시 시대 상황과 얽힌 사연이 있다.

제복에 반해
해병대를 자원하다

'가슴 아프게' 이후 눈코 뜰 새 없이 바쁜 스케줄을 소화할 무렵, 남진은 갑작스럽게 입대를 단행한다. 그것도 군기 세기로 유명한 해병대로 말이다.

"예전 목포에서 학교 다닐 때 보면 좀 멋진 선배들이 있었어요. 멋지고 사고도 좀 치는(웃음). 그 선배들이 졸업하고 어느 날 갑자기 사라졌다가 일이 년 뒤에 나타날 때가 있어. 그때는 개구리 군복에 팔각모자 그리고 빨간 명찰을 달고 있어요. 해병이 되어서 나타난 거야. 그게 참 멋져 보였어요. 그래서 나도 꼭 해병대 간다, 어릴 때부터 이렇게 생각하고 있었죠."

남진이 입대를 결심한 것은 일본으로 생애 첫 해외 촬영을 다녀온 직후였다. 군 미필자라 해외로 출국할 때 너무 고생한 나머지 '어차피 갈 군대, 지금 빨리 다녀와서 편하게 자유롭게 해외 활동을 해야겠다'고 생각한 것이다. 입대를 결심하자 목적지는 자연스럽게 '어릴 적 꿈'인 해병대로 정해졌다.

남진의 해병대 입대에는 한 가지 이유가 더 있었다. 당시 해병대는 연예부대를 운영하고 있었는데, 인기 연예인이 입대하면 외부 연예 활동을 최대한 보장해주었다. 물론 군 위문 공연을 최우선으로 참여하고 난 뒤에 말이다. 그런 까닭에 남진뿐 아니라 가수 진송남과 태원, 박일남까지 한꺼번에 해병대로 자원입대했다.[40]

"박일남 선배님이랑 같이 입대하기로 했는데, 사정이 생겨서 내가 조금 먼저 입대했어요. 근데 해병대는 기수가 무섭거든요. 사회에서야 여섯 살이나 어린 후배였지만, 해병대 기수는 내가 선배였던 거죠. 또 그때는 해병대에 '기수 빠따'라고, 윗기수가 아랫기수 전체를 몽둥이로 때리는 관행이 있었거든요. 박일남 선배님도 나한테 뒤지게 맞고 그랬습니다. 지금도 비만 오면 그때 맞은 허리가 쑤신다고 그래요(웃음)."

요즘은 해병대뿐 아니라 대한민국 군대 어디에서도 구타는 금지되었다. 해병대와 육군, 해군, 공군 모두 따로 뽑던 연예병사도 국방홍보원에서 통합 관리하다가 2013년 한 방송 프로그램에서 연예병사의 복무 기강 해이가 폭로되면서 폐지되고 말았다. 그런데 이런 언론의 폭로가 21세기에만 있었던 건 아니다. 남진이 해병대에 복무하던 시절에도 비슷한 일이 벌어졌다.

당사자도 모르게 결정된 월남 파병

1969년 7월 8일 자 〈동아일보〉에는 짤막한 기사가 실렸다. 가수 남진과 태원 등 10여 명의 해병대원이 군무를 이탈해 사적인 영리 활동을 벌였다는 내용이었다. 이들은 공공연히 영화, TV 쇼 등에 출연했으나 군 당국은 이를 묵인했다고 보도했다. 기사는 짧았으나 파문은 작지 않았다. 이 기사를 본 한 야당 국회의원이 국방부 장관을 불러다 "어떻게 군인이 사회생활을 할 수 있느냐"고 따져 물었다. 장관은 "진상을 철저히 조사해서 필요한 조치를 취하겠다"고 답했다. 물론 진상 조사에는 애초부터 해병대가 연예인들에게 사적인 활동을 보장해왔다는 사실은 포함되지 않았다.

며칠 뒤 이번에는 모든 국민이 깜짝 놀랄 만한 보도가 나왔다.[41] 지난번 물의를 일으킨 남진, 태원, 진송남, 박일남 등 사병 전원을 베트남에 파병된 청룡부대로 보낸다는 내용이었다. 원래 지방 사단 전투부대로 전출시키려고 했으나, 아예 베트남으로 파병한다는 것이었다. 정작 이 소식에 가장 놀란 건 파병 당사자들이었다. 그들은 전혀 모르는 일이었기 때문이다. 여론이 악화하자 군이 임의로 파병을 결정한 것이었다.

“내가 선택한 건 아니었지만 기왕 이렇게 된 거 해병으로서 갈 곳을 간다고 마음먹었어요. 포항에서 3주간 파월 특수훈련을 받았는데, 편하게 군 생활을 하다가 정말 힘들었어요. 그래도 제대로 훈련 받은 덕분에 월남에서 살아남을 수 있었어요.”

4천9백22명참가

서울市體典, 25일부터 13일간

睡眠 하루 4시간

〃귀국후 멋진戀愛하고싶어요〃

有名稅탓 行動조심

青龍 小銃手된

가수南珍

호이안 朴信一특파원

고국에 계시는 팬 여러분 안녕하십니까。 어느덧 이곳 월남땅에서오늘도 맡은바 임무를 수행하고 있읍니다。 팬 여러분께 편지를 하고 싶었지만 졸병이 되고보니 밤도 새야하고 작업등 여러가지로 바빠서 이제야 펜을 들었읍니다。 이곳에서는 고국에 아가씨들이 어느나라 아가씨들보다아름다운줄 느꼈읍니다。 다음 귀국후에는 진짜 연애를 하겠읍니다。 앞으로도 팬 여러분들의 변함없는 성원이있으시기를바랍니다。

8월20일 越南에서

남진

1969년 7월 26일, 남진과 동료 가수들은 월남으로 가는 군함을 타기 위해 부산항에 도착했다. 항구를 가득 메운 인파가 태극기를 흔들며 환송했다. 팬들은 부산까지 찾아와 눈물을 흘렸다. 이날 파월 장병들을 위한 환송식이 성대하게 열렸고 환송 위문 공연도 화려하게 펼쳐졌다. 그런데 위문 공연 마지막을 장식한 사람은 바로 파병 당사자였던 남진과 진송남이었다. 남진은 여기서 '가슴 아프게'를 불렀다. 아마도 그가 살면서 가장 가슴 아프게 부른 '가슴 아프게'였을 것이다.[42]

남진의 베트남 파병은 그가 좋아했던 엘비스 프레슬리와 닮은 점이 많다. 엘비스 또한 인기 절정의 순간에 자원입대 후 독일의 미군 기지에서 복무했다. 당시에는 미국도 우리처럼 징병제였다. 엘비스의 입대는 그의 로큰롤 음악이 기성 사회로부터 퇴폐적이라는 공격을 받는 시점에서 이루어졌다. 엘비스는 특별 대우 없이 매우 성실하게 군 생활을 했다. 당시 육군 문서에 "엘비스를 우러르는 많은 청소년이 훗날 군 생활에서도 그의 본을 따를 것"이라고 기록했을 정도였다. 시끄러운 노래와 야한 몸놀림에 질색하던 기성세대들도 군인이 된 엘비스를 '건실한 애국청년'으로 받아들였다. 귀국 후 엘비스는 개선장군 못지않게 환대받았고, 그 후 내놓은 앨범 〈엘비스가 돌아왔다〉(Elvis is Back!)는 공전의 히트를 기록했다.[43]

월남에서 몇 번이나 죽을 고비를 넘기다

베트남에 발을 디딘 순간부터 남진의 군 생활은 엘비스와는 비교도 안 될 만큼 혹독하고 위험했다. 부산을 출발한 지 14일 만에 베트남 다낭에 도착해서 땅을 처음 밟았는데 진흙처럼 군화가 쑥 들어가서 깜짝 놀랐다. 날씨가 너무 더워 아스팔트가 팥죽처럼 녹아 있었던 것이다. 다시 트럭을 타고 다낭 옆 호이안으로 이동했다. 남진은 청룡부대 2대대 5중대 3소대 소총수였다.

"부대에 딱 도착하니까 선임들이 몽둥이찜질부터 해댑디다. 전쟁터에 처음 온 신병들 군기를 잡으려고 그랬죠. 특히 저는 '사회에서 편하게 있다 왔다'면서 더 호되게 맞았어요. 이때부터 열외 없이 얼차려에서 전투까지 전우들과 함께했어요. 총알이 날아다니는 전장에서 무슨 특별 대우가 있겠어요?"

처음 며칠은 전쟁터에 왔다는 실감이 안 났다. 밤에 보초를 서고 있으면 영화 촬영을 온 듯한 기분이 들기도 했다. 그렇게 일주일쯤 지났을 때 사건이 터졌다. 저녁을 먹고 쉬고 있는데 쉬이익 소리와 함께 포탄이 막사 안으로 날아든 것이다. 선임들은 모두 "포탄이다!" 하는 소리와 함께 엎드리는데, 남진과 바로 옆 신병만 의자에 앉은 채 얼어붙었다.

"진짜 그 포탄하고 거리가 한 2미터도 안 되었던 것 같아요. 머릿속이 하얘지면서 꼼짝 못 하고 있는데, 천만다행 포탄이 터지지 않은 거예요. 불발탄이었던 거죠. 지금도 모래에 박힌 포탄 꽁무니에서 쉬익 하며 돌아가던 프로펠러 소리가 귀에 생생합니다."

이건 시작에 불과했다. 작전 중에 총알이 스치는 건 일상다반사였다. 바로 옆에 있던 전우가 총을 맞고 쓰러진 적도 있었다. 언제 죽어도 이상할 게 없는 전쟁터였다. 아군끼리 총기 사고도 잦았다. 한번은 내무실에서 대대장 권총을 닦고 있던 동료와 이야기를 나누고 있는데 갑자기 총알이 발사되었다. 순간 둘 다 얼음처럼 얼굴이 굳었다. 다행히 총알은 남진을 스쳐서 바로 옆 수통에 박혔다.

"지금도 그 친구는 '내가 남진을 죽일 뻔했다'고 말하고 다닌답니다. 나중에 만나서는 '하나님께서 살리셨슈. 살아서 좋은 줄 아슈' 하고 농담하기도 했죠. 또 얼마 전 속초에 갔다가 불발탄 때 옆에 있던 전우를 50여 년 만에 식당에서 만났어요. 누군가 앞에 와서 경례하더니 자기가 그때 그 친구라는 거예요. 와, 정말 반갑더라고요."

이렇게 생사의 고비를 넘나들면서 남진은 진짜 군인, 진짜 해병이 될 수 있었다. 1년 후 월남 복무 기간이 끝났지만, 그는 돌아가지 않고 1년을 더 머물렀다. 마침 군 복무 기간이 1년쯤 남았는데, 남은 군 생활도 전우들과 전장을 지키기로 한 것이다. 월남전 파병은 타의에 의한 것이었지만, 복무 기간 연장은 스스로 내린 결정이었다.

"이때 딱 한 번 특별 대우를 받았습니다. 원래 일반 사병들은 복무 연장이 안 되었거든요. 더 있고 싶어도 1년 있으면 귀국해야 했죠. 저는 여단장님께 특별히 부탁해서 1년 더 연장할 수 있었습니다. 그때 여단장님이 '딴 놈들은 일찍 돌아가지 못해 안달인데, 도대체 왜 더 있으려고 하냐?'고 묻기에 '기왕이면 베트남에서 군 복무 기간을 채우고 당당하게 돌아가고 싶다'고 말씀드렸어요."

월남전과
한국 가요

베트남 전쟁은 남진의 인생뿐 아니라 대한민국 대중음악에도 큰 영향을 미쳤다. 우선 주한미군 상당수가 베트남으로 이동하면서 미8군 쇼의 규모가 축소되었다. 일거리가 줄어든 음악인들이 일반 무대로 진출하면서 우리 가요의 흐름이 바뀌기도 했다. 박춘석 사단에 버금가는 사단을 이끌었던 신중현은 이 무렵 미8군 쇼에서 일반 무대로 진출했다.

이들 중 일부는 당시 메이저 무대였던 방송이나 극장 쇼로 옮겼으나, 다른 이들은 새로운 무대를 개척하기도 했다. 대표적인 것이 음악감상실의 간이 무대였다. 10여 년 전 조영남, 이장희, 윤형주, 송창식 등이 방송에 출연하면서 신드롬을 일으킨 '쎄시봉'이 이 무렵 전성기를 구가하던 음악감상실이었다.

또 다른 음악인들은 미군을 따라 베트남 무대로 진출하기도 했다. 당시 미8군 쇼를 제작하던 한국흥행 주식회사(화양)는 1966년 11월 베트남에 지점을 설치하면서 이듬해 5월까지 네 차례에 걸쳐 총 75명의 연예인을 베트남에 파견했다고 한다. 이 회사는 1967년 하반기까지 더해 연간 외화 획득 목표액을 100만 달러로 잡았다. 그 해 대한민국 총수출액이 3억 5,000만 달러 수준이었던 것을 고려해보면 베트남 무대의 시장 규모가 엄청났음을 알 수 있다. 이는 미국이 베트남 전쟁에 대량의 달러를 뿌리면서 벌어진 일이었다.[44]

신중현도 초창기 일반 무대 진출이 쉽지 않자 베트남으로 가려고 했다. 화양과 계약까지 마치고 출국하려던 찰나, 마지막 국내 앨범으로 작업한 펄 시스터즈의 음반이 대히트하면서 베트남행을 포기한 것이었다.[45]

국내에도 베트남 전쟁을 다룬 가요들이 다수 등장했다. 시작은 군사정권의 지휘 아래 양산된 진중가요였다. 건장한 남성 중창단이 힘차게 부른 곡들이 많았는데, 쟈니 브라더스[46]의 빅 히트곡 '빨간 마후라'는 이후 공군의 공식 군가가 되기도 했다. 봉봉사중창단의 '브라보 해병대' 또한 '해병대 곤조가'라는 이름으로 현재까지 군에서 애창되고 있으며, 여성 중창단 이시스터즈의 '여군 미쓰리'도 많은 사랑을 받았다.[47] 당시 최고 히트곡이었던 김추자의 '월남에서 돌아온 김상사'도 빼놓을 수 없다.

남진이 파병되었던 1969년, 미국은 베트남전 철수 계획을 발표했다. 이후 미군이 급격히 철수하는 동안 한국군은 대부분 베트남에 그대로 남았다. 미국은 한국군이 자신들을 대신해 전쟁을 이어가길 바랐다. 덕분에 1969년 미군 포함 전체 외국군 중 9.1%를 차지했던 한국군은 1971년에는 21.7%, 1972년에는 무려 60.5%를 차지하게 된다.[48] 남진이 베트남 복무를 연장할 수 있었던 데는 이런 배경도 있었던 셈이다.

人氣海兵 서울의休暇
잠시 뵙고 갑니다

'월남에서 돌아온 김상사'

1970년대를 풍미했던 전설적인 가수 김추자의 1969년 데뷔 앨범 수록곡. 이 노래를 필두로 '님은 먼 곳에'(1970), '거짓말이야'(1971), '꽃잎'(1971), '무인도'(1974)를 잇달아 히트시키면서 톱스타 반열에 올랐다. 한때는 동네 말썽꾸러기였던 김 상사가 월남 파병에서 훈장을 딴 후 무사히 돌아와 동네잔치가 벌어진다는 내용의 가사를 흥겨운 리듬에 담았다. 1971년에는 노래의 인기에 힘입어 동명의 영화도 만들어졌다. 당대 최고의 영화배우였던 신영균과 윤정희가 주연을 맡고 김희라, 박노식, 김창숙 등이 함께 출연한 영화는 월남 참전 용사들이 우리 사회에 복귀해 어려움을 이겨내고 성공한다는 이야기다.

김추자는 이 노래가 실린 데뷔 앨범을 통해 펄 시스터즈에 이어 신중현 사단에 합류했고, 이후 선배들을 능가하는 스타로 자리잡았다. 자유분방한 성격에 거침이 없었던 김추자는 여러 스캔들도 많

by 김추자

았다. 그녀가 '거짓말이야'를 부르면서 하늘을 향해 손을 찌르는 동작이 북한과 교신하는 것이라는 말도 안 되는 소문이 퍼지면서 실제로 중앙정보부(현 국가정보원)의 조사를 받기도 했다. 한창 인기를 끌던 1971년에 방송계의 구태를 더 이상 참을 수 없다는 이유로 돌연 은퇴를 선언했다가, 또 다른 히트곡들을 내놓으며 화려하게 재기에 성공했다.

9

님과 함께

대한민국 원조 '오빠 부대'의 탄생

1971년 4월 12일, 남진이 베트남에서 귀국했다. 그리고 그해 6월 제대했다. 2년 만에 돌아오니 정말 많은 것이 변해 있었다. 서울과 부산을 잇는 경부고속도로가 생기면서 대한민국 경제는 무섭게 성장하고 있었다. 여기에는 남진이 참전한 베트남 전쟁도 한몫했다. 베트남 전쟁 기간에 우리나라가 벌어들인 외화는 모두 50억 달러로, 이는 당시 GDP의 60%에 달하는 어마어마한 금액이었다.[49]

가요계 또한 변화와 발전을 거듭했다. 1969년 MBC TV가 개국하면서 KBS, TBC와 함께 TV 방송 시대를 이끌었고, 덕분에 텔레비전 보급 대수도 크게 늘었다. 이런 상황에서 하루가 다르게 변화하던 가요계에는 남진이 없는 동안 새로운 스타가 탄생했다. 그의 이름은 나훈아. 남진에 비해 전형적인 트로트 스타일의 노래를 부르던 나훈아는 남진이 빠져 있던 박춘석 사단에 합류하면서 입지를 확실히 굳히고 있었다.

'남진 귀국 쇼'
리사이틀 새 역사를 쓰다

남진의 컴백은 가요계 태풍의 눈으로 떠올랐다. 이는 남진 귀국 직전의 기사를 통해서도 확인해볼 수 있다. 1971년 4월 10일 자 〈매일경제〉 신문에는 '남진 군 제대 복귀로 가요계에 파란일 듯'이라는 제목의 기사가 실렸다. 내용은 이러하다.

"입대해서 파월되었던 남진 군이 오는 12일에 귀국, 제대한다고 알려지자 가요계는 인기 판도를 놓고 서로 눈치 싸움을 벌이고 있다는 소식. 남 군의 파월 이후 폭발적인 인기를 누렸던 나훈아 군은 5월 입대하겠다고 정면 대결을 피하는(?) 인상을 주는가 하면, 남 군 측근은 귀국에 앞서 '다시 남진의 황금기를 찾겠다'고 공언. 남 군의 귀국 일정이 알려지자 각 레코드사도 전속계약금과 보너스를 엄청나게 붙여 남군의 전속에 서로 고심하고 있다고."

신문 기사는 파란을 예고했지만 정작 당사자는 두렵고 떨리는 마음이었다. 제대 직후인 9월 16일부터 19일까지 나흘간 당시 서울의 가장 큰 무대였던 시민회관에서 '남진 귀국 쇼'라는 타이틀의 리사이틀이 열렸다. 리사이틀은 극장 쇼와 함께 그 시절 유행하던 스타일의 공연이었다. 여러 가수뿐 아니라 코미디언, 배우들까지 함께 무대에 오르는 극장 쇼와 달리 리사이틀은 가수 한 사람의 단독 공연이었다. 무대 규모 또한 달랐다. 3천 석의 객석과 이동식 무대, 분장실 등을 갖춘 시민회관 같은 전문 공연장이나 2천 석 규모의 대한극장처럼 대형 공연장이 주 무대로 쓰였다. 그러니 자기 이름을 걸고 리사이틀을 할 수 있는 가수는 많지 않았다.

제아무리 남진이라 해도 2년간의 공백 이후 3천 석 규모의 시민회관에서 리사이틀을 여는 것은 부담일 수밖에 없었다. 하필 공연 첫날 비까지 부슬부슬 내렸다. 분장실에 있던 남진은 초조하게 창밖을 응시하고 있었다. 공연 1시간 전까지도 관객들은 별로 보이지 않았다. 그러나 30분 전, 약속이나 한 듯 관객들이 한꺼번에 몰려들어 장사진을 이루었다. 그중 70% 이상은 여성 관객들이었다. 시민회관을 가득 채운 여성 팬들은 무대 위 남진을 보고 "오빠"를 연호했다.

남진 귀국 쇼는 대성공이었다. 연일 매진을 기록하며 시민회관 개관 이래 최다 관객동원 기록을 세웠다.[50] 전쟁 참전 후 컴백 쇼의 대성공으로 남진은 리사이틀의 역사를 새로 쓰게 되었다. '로큰롤의 제왕' 엘비스 프레슬리가 군 복무 이후 미국 팝 음악의 역사를 새로 쓴 것처럼 말이다.

남진은 엘비스처럼 이전보다 더 큰 인기를 누리게 되었다. 그 해 말 TBC 남자가수대상뿐 아니라 MBC 가수왕까지 차지했고, 공식 팬클럽이 결성되었다. 이듬해 전국에서 온 7천여 명의 팬들이 남이섬에 모여 '제1회 남진 팬클럽 정기총회 및 야유회'를 열었다. 이는 국내에 기록된 최초의 팬클럽 행사였다.[51] 대한민국 최초의 '오빠 부대'가 공식적으로 탄생한 것이다. 남진 팬클럽 회장이었던 김정자 씨는 당시 상황을 이렇게 추억한다.

"저는 산골 소녀였어요. 어느 날 텔레비전에서 남진 오빠를 보자마자 팬이 되었어요. 그래서 한 2년을 계속 편지를 보냈더니 진짜 남진 오빠가 자기 사진을 스무 장쯤 넣어서 답장을 보내준 거예요. 남진 오빠가 귀국 리사이틀을 했을 때, 태어나서 처음 서울에 왔어요. 서울역에서 내려 동서남북이 어딘지도 모르는데 물어물어 시민회관에 찾아갔어요. 거기서 남진 오빠 실물을 처음 보고 정말 목이 터져라 '오빠'를 불렀죠. 그때는 예매라는 게 없어서 공연장으로 가서 당일 표를 사야 했어요. 그렇게 나흘 동안 매일 공연을 봤던 것 같아요. 이듬해 남이섬 팬 미팅 때도 당연히 갔죠. 전국에서 관광버스 수십 대를 타고 모인 팬들과 함께 남진 오빠를 보니까 너무 좋은 거예요. 2008년에는 '남이섬 추억여행' 행사를 열었는데, 남이섬을 통째로 빌려서 정말 재미있게 놀았어요. 우리 팬클럽은 공식 활동을 시작한 지 50년이 넘었어요. 요즘 아이돌 팬클럽이랑은 차원이 다르죠(웃음)."

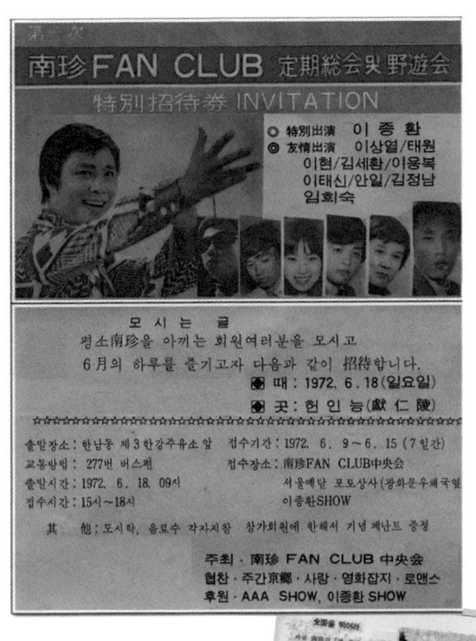

南珍 FAN CLUB 定期総会및野遊会

特別招待券 INVITATION

○ 特別出演 이 종 환
◎ 友情出演 이상열/태원
이현/김세환/이용복
이태신/안일/김정남
임희숙

모 시 는 글

평소南珍을 아끼는 회원여러분을 모시고
6月의 하루를 즐기고자 다음과 같이 招待합니다.

◈ 때 : 1972. 6. 18(일요일)
◈ 곳 : 헌 인 능(獻 仁 陵)

☆☆☆

출발장소 : 한남동 제3한강주유소 앞
교통방법 : 277번 버스편
출발시간 : 1972. 6. 18. 09시
접수시간 : 15시~18시

접수기간 : 1972. 6. 9~6. 15 (7일간)
접수장소 : 南珍FAN CLUB中央会
서울예단 포토상사(광화문우체국옆
이종환SHOW

其　他 : 도시락, 음료수 각자지참 참가회원에 한해서 기념 페난트 증정

주최 · 南珍 FAN CLUB 中央会
협찬 · 주간京鄕 · 사랑 · 영화잡지 · 로맨스
후원 · AAA SHOW, 이종환 SHOW

남진 팬·클럽 회원들과 야유회에서 기념 촬영을 했다.

리사이틀에서
'쇼쇼쇼'로

귀국 기념 리사이틀에서 확인된 남진의 인기는 방송국 쇼 무대로 이어졌다. 당시 자타공인 최고의 TV 쇼였던 TBC 〈쇼쇼쇼〉에 전속 가수로 발탁된 것이다. 1964년부터 시작된 〈쇼쇼쇼〉는 1980년 방송 통폐합으로 TBC가 문을 닫을 때까지 대한민국을 대표하는 쇼 프로그램 자리를 지켰다. 남진이 베트남에서 귀국할 당시에는 초대 MC였던 '후라이보이' 곽규석이 여전히 전성기를 구가하고 있었다.

"'운칠기삼'이 여기서도 다시 한번 작용합니다. 그때 쇼쇼쇼는 정말 우리나라에서 제일 인기 있는 프로그램이었어요. 인기 연속극보다 시청률이 두 배나 높았으니 말 다 했죠. 이 프로그램을 만든 게 방송계의 신화적인 인물이었던 황정태 피디였는데요, 그분이 저를 전폭적으로 밀어주신 거예요. 사실 남진 귀국 리사이틀도 황 피디의 작품이었어요. 안무는 쇼쇼쇼 안무가였던 한익평 씨가 맡았고요. 저는 정말 그분들이 시키는 대로 했을 뿐이었어요."

1970년대 〈쇼쇼쇼〉의 시청률은 50%를 넘나들었다고 한다. 이는 새로운 스타일 덕분이었다. TBC의 개국과 함께 시작된 〈쇼쇼쇼〉 이전에도 KBS의 〈그랜드쇼〉, 〈올스타쇼〉 같은 프로그램이 있었다. 하지만 공영방송의 음악 쇼들은 진행 방식이 정적이고 딱딱했다. 천편일률적으로 고정된 세트에 매주 같은 가수들이 나와서 마이크 앞에 얌전히 서서 노래하는 것이 전부였다. 하지만 〈쇼쇼쇼〉는 달랐다. 일단 가수 한 사람당 조명, 세트, 안무를 모두 새롭게 제작해서 배치했다. 가수들은 가만히 서 있지 않고 전속 무용단과 함께 무대를 누비며 춤췄다. 거기다 짧은 콩트와 뮤지컬 형태의 코너까지 가미해 한국 쇼 프로그램의 일대 혁신을 이룩했다. 노래에서 복화술까지 못하는 것이 없었던 만능 엔터테이너 곽규석과 발레리노 출신의 안무가 한익평, TBC 공채 1기로 입사해 10년 넘도록 제작을 담당했던 황정태 피디 등이 있었기에 가능한 일이었다.[52]

이들에게 트로트에서 팝과 댄스까지 소화하는 남진은 매주 새로운 무대를 위해 꼭 필요한 가수였다. 남진은 엘비스 프레슬리 의상을 입고 노래를 부르면서 무대를 누볐고 '한국의 엘비스 프레슬리'라는 별명을 얻었다.

"1972년에는 지인의 소개로 미국 라스베이거스에서 열린 엘비스 프레슬리 쇼를 보았어요. 그때의 감동을 지금도 잊을 수가 없어요. 한눈에 반할 수밖에 없는 완벽한 쇼였죠. 음악, 무대 매너, 액션 어느 하나 흠잡을 데가 없었어요. 지금도 그 쇼의 수준을 따라가지 못한다고 생각해요. 그전에도 엘비스의 음악을 좋아했지만 그때부터 진짜 그의 음악에 푹 빠져버렸어요."

이듬해 남진은 매니저를 미국으로 보내 엘비스 프레슬리의 무대 의상을 직접 공수해왔다. 의상 한 벌 값이 25만 원. 당시 9급 공무원 월급이 2만 원이 채 안 되었으니, 1년 치 연봉을 훌쩍 넘는 금액이었다. 엘비스 의상에 각종 전기 조명을 붙여 입고 오른 아세아 극장 쇼 무대는 엄청난 화제를 불러일으켰다. 남진은 진짜 한국의 엘비스가 된 것이었다. 그가 엘비스 프레슬리의 공연을 본 해, 한국에서 엘비스의 창법으로 부른 노래가 공전의 히트를 기록했다. 바로 남진의 초대형 히트곡 '님과 함께'다.

또 하나의 국민가요 '님과 함께'

1972년 발표된 '님과 함께'는 당대에 선풍적인 인기를 끌었을 뿐 아니라, 세대를 뛰어넘어 지금까지도 사랑받는 노래다. 2003년에는 '님과 함께'의 가사 첫 구절에서 따온 KBS 주말 드라마 〈저 푸른 초원 위에〉가 방영되었고, 2011년 MBC 〈나는 가수다〉에서 김범수가 리메이크해 큰 화제를 일으켰다. 2014년에는 〈님과 함께〉라는 JTBC 예능 프로그램이 인기를 끌기도 했다. 그런데 원래 남진을 위해 만들어진 이 노래를 정작 남진이 못 부를 뻔했다. 이유는 아이러니컬하게도 너무 인기가 있었기 때문.

"'님과 함께'는 작곡가 남국인 선생님 작품이었어요. 당시 제가 지구레코드 전속 가수였는데, 이분도 같은 소속이라 저한테 줄 곡을 만드신 거예요. 회사에서 '너한테 딱 맞는 곡이 나왔다'고 연락은 받았는데, 너무 바빠서 못 갔어요. 그때는 정말 세 끼 식사도 못 할 정도였거든요."

그 후 몇 번 연락을 받았지만 남진은 반년이 넘도록 곡을 받으러 가지 않았다. 바쁜 스케줄 탓도 있었지만, 박춘석에 대한 의리 같은 것도 있었다고 한다. 당시 지구레코드에는 많은 작곡가가 있었고, 대부분 남진을 위한 곡들을 만들었지만 정작 그의 마음속 작곡가는 박춘석뿐이었기 때문이다. 남국인 또한 히트곡을 많이 만들던 작곡가였다. 배호의 '누가 먼저 말했나'를 시작으로 배성의 '사나이 부르스'를 작사 · 작곡했고, 나훈아의 '사랑은 눈물의 씨앗' 가사를 쓰기도 했다.

남진이 곡을 받으러 안 오자 참다못한 남국인은 지구레코드 임정수 회장을 찾아갔다고 한다. 그러고는 "내가 남진한테 딱 맞는 곡을 만들었는데, 이놈이 아무리 오라고 해도 안 오니까, 이 곡은 남진 말고 다른 가수한테 줄랍니다" 하더란다. 임정수 회장이 노래를 들어보니 정말 남진한테 딱이었다. 당장 회장이 직접 전화를 걸어 남진을 호출했다.

"그런데 회장님 전화를 받고도 못 갔어요. 정말 바빴거든요. 그랬더니 다시 전화하셔서 '야 이놈아, 너 용돈 준다 해도 안 올래? 요즘 판도 잘 나가니까 용돈 줄 테니 와라' 하시는 거예요. 그래서 용돈 받자는 생각에 얼른 갔는데(웃음), 노래를 들려주시는 거예요. 한번 들으니 바로 느낌이 왔어요. 이거 완전 나한테 딱인 노래였던 거죠."

그런데 이번에는 남국인이 남진에게 곡을 못 주겠다면서 버텼다. 입장이 정반대가 된 것이다. 다행히 임정수 회장의 지속적인 설득으

로 남진의 앨범에 수록될 수 있었다. 앨범 표지에는 하와이안 셔츠를 입은 남진이 전성기의 엘비스 프레슬리를 닮은 포즈를 취하고 있었다. 결과는 예측대로 대박이었다. 덕분에 남진은 1971년에 이어 두 해 연속 MBC 가수왕으로 등극하게 되었다.

'님과 함께'의 초대형 히트에는 시대 상황도 한몫했다. 남진의 첫 히트곡 '울려고 내가 왔나'가 1960년대 이촌향도의 물결을 따라 도시로 몰려온 이들의 아픔을 노래했다면, '님과 함께'는 1970년대 경제 발전기의 희망을 담고 있었다. 화자 또한 '울려고 내가 왔나'처럼 시골을 떠나 도시의 삶에 치이고 주눅 들기보다는 당당하게 희망을 노래했다. 음악 스타일도 단조 트로트와 장조 소울로 극명한 대비를 이뤘다. 거기에 엘비스 프레슬리 풍의 로큰롤 보컬과 흥겨운 댄스까지 어우러져 엉덩이까지 들썩이게 했다. '님과 함께'와 함께 남진은 전성기를 맞이했다. 베트남 전쟁으로 인한 2년의 공백이 그를 더욱 돋보이게 했다.

남진의 전성기는 다음 해에도 이어졌다. 1973년 발표한 '그대여 변치마오'까지 연타석 홈런을 친 덕분이다. 앨범 표지에 엘비스 프레슬리 의상을 입고 등장했으며, 창법 역시 엘비스 스타일을 이어갔다. 이 곡의 히트에 힘입어 남진은 3년 연속 MBC 가수왕에 올랐다. 1966년 첫 방송을 시작한 이래 3년 연속 가수왕에 오른 것은 남진이 처음이었다. 이 기록은 1980년대 슈퍼스타 조용필이 등장하기 전까지 유지되었다. 또한 '님과 함께'와 '그대여 변치마오'는 동명의 영화로도 제작되었다. 물론 주연은 모두 남진이었다.

1970년대 가요의 또 다른 얼굴, 통기타와 포크

베트남 전쟁에서 돌아온 남진이 방송 쇼와 리사이틀을 석권하고 있는 동안, 대한민국 가요계에는 새로운 바람이 불었다. '청바지와 통기타, 생맥주'로 상징되는 청년 문화와 함께 포크 음악이 인기를 끌고 있었다. 이는 68혁명으로 상징되는 세계적인 청년 문화 흐름이 우리나라까지 들어온 것이었다. 반전과 평화, 사랑을 부르짖던 미국의 청년 문화는 포크 음악을 주제가로 삼았다. 밥 딜런과 조안 바에즈 같은 포크 뮤지션들이 청년 문화의 대변자로 떠올랐고, 1969년 우드스톡 페스티벌에서 절정을 맞이했다. 이런 흐름이 우리나라 대학가를 중심으로 급속도로 퍼져나간 것이다.

국내 포크 열풍을 이끈 선구자는 송창식과 윤형주가 1968년 결성한 듀오 '트윈 폴리오'였다. 1969년 '하얀 손수건', '웨딩 케익', '축제의 노래' 등 외국곡을 번안한 포크 노래들을 히트시키며 대학가를 중심으로 큰 인기를 끌었다.

1970년대 들어 박정희 독재 정권의 폭압이 도를 더하면서 저항의 목소리를 담은 포크 가수들이 나타나기 시작했다. 시작은 김민기가 1971년 발표한 '아침이슬'이었다. 언뜻 저항적인 내용이 전혀 없는 것처럼 보이는 이 노래는 당시 시대 상황과 맞물려 대표적인 운동권 가요로 자리매김했다. 같은 앨범에 실린 '작은 연못'이나 고등학교 때 사고로 죽은 친구를 떠올리며 썼다는 '친구', 군대에서 제대하는 하사관을 위해 만들었다는 '늙은 군인의 노래' 또한 마찬가지였다. 정권에 의해 대부분 노래가 금지곡으로 낙인찍힌 김민기는 노래극 〈공장의 불빛〉을 제작하는 등 노래를 통한 민주화 운동에 본격적으로 뛰어들기도 했다.

1974년 데뷔 앨범 〈길 없는 길〉을 발표한 한대수는 김민기와 함께 '대한민국 포크 1세대'로 손꼽히지만, 음악 스타일은 전혀 달랐다. 김민기가 조용한 기타 선율에 나직이 읊조리는 창법을 구사했다면, 한대수는 밥 딜런을 떠오르게 하는 거친 목소리로 자유와 사랑을 노래했다. 한대수의 노래 또한 저항의 아이콘이 되었다. 자유를 갈망하는 심정을 담은 데뷔곡 '물 좀 주소'가 당시 고문이 일상이었던 중앙정보부의 물고문을 비난한 노래로 오르내렸다. 결국 그의 노래들은 금지곡이 되었고, 데뷔 앨범은 정권에 의해 압류되고 말았다.

정권이 탄압할수록 포크 음악의 인기는 커져만 갔다. 1970년대 포크 음악을 이끌던 통기타 가수들은 서울 무교동의 음악감상실 쎄시봉에 모여들었다. 1년간 짧고 굵게 활동한 후에 해체한 트윈 플리오의 송창식과 윤형주, 쇼쇼쇼에 출연해 번안곡 '딜라일라'를 부르면서 일약 스타에 오른 조영남, 쎄시봉을 대표하는 싱어송라이터 이장희 외에도 서유석, 양희은, 김도향, 임창제 등이 무대에 섰다. 이들의 노래를 듣기 위해 쎄시봉에 모여든 청춘들은 낭만과 사랑, 평화와 저항의 포크 문화 공동체를 이루었다.

'님과 함께'

가수 남진의 최대 히트곡. "멋쟁이 높은 빌딩"을 부러워하거나 "유행 따라 사는 것" 대신 "반딧불 초가집"이라도 "님과 함께 살고 싶다"는 소망은 이촌향도의 물결을 따라 도시로 몰려온 그 시절 대중의 로망이기도 했다. 동시에 '님과 함께'는 경제 성장의 시대를 살아가는 대중들의 희망을 담은 노래이기도 했다.

1960년대 '울려고 내가 왔나'에서 보였던 도시 이주민의 좌절과 괴로움은 "저 푸른 초원 위에 그림 같은 집을 짓고, 사랑하는 우리 님과 한 백 년 살고 싶어"라는 희망으로 바뀌었다. 이는 베트남 전쟁 특수로 경제 성장에 박차를 가하던 시대 상황과도 딱 맞는 노래였다. 여기에 엘비스 프레슬리를 연상시키는 흥겨운 창법과 춤은 희망에 부풀어 있는 대중들의 취향과도 일치했다.

이 노래로 남진은 대한민국 가요계를 석권했고, 이듬해 '그대여 변치마오'를 연달아 히트시키며 'MBC 가수왕 3연패' 위업을 달성했

by 남진

다. 노래를 작곡한 남국인 또한 설운도의 '잃어버린 30년', 주현미의 '비 내리는 영동교'와 '신사동 그 사람' 등을 연이어 만들면서 가요계의 히트곡 메이커로 자리잡았다.

10

두 개의 태양

남진 vs 나훈아

다시 영화 〈국제시장〉 속 한 장면. 베트남에서 남진을 만난 것을 계기로 주인공 덕수는 평생 그의 팬으로 살아간다. 하루는 전쟁이 끝나고 다시 돌아온 부산 국제시장 한복판에서 나훈아의 노래가 흘러나왔다. 그러자 아내인 영자(김윤진 분) 뿐 아니라 시장 상인들 모두 좋아하며 나훈아 팬을 자처하는 게 아닌가. 이때 덕수는 홀로 큰 소리로 외쳤다.

"가수는 남진이가 최고여!"

이 에피소드 또한 허구지만 충분히 개연성 있는 장면이다.

베트남에서 남진이 돌아온 이후 나훈아와의 라이벌 대결이 시작되었기 때문이다. 이건 두 가수의 열성 팬뿐 아니라 당시 대한민국 국민이라면 누구에게나 관심거리였다. 그로 인해 언론에서도 연일 라이벌 관계를 부각했고, 이는 다시 대중의 관심으로 이어졌다. 나중에는 술자리나 계모임에서도 '남진이냐, 나훈아냐' 하는 질문이 빠지지 않을 정도였다. 둘 사이의 라이벌 대결은 베트남전 참전으로 인한 남진의 공백이 큰 역할을 했다. 바로 그때 남진의 평생 라이벌, 나훈아가 급부상했으니 말이다.

'평생 라이벌'
나훈아의 등장

남진은 나훈아와의 첫 만남을 생생히 기억하고 있다.

"입대 직전인 1968년 남산 야외음악당 앞에서 나훈아 씨를 처음 봤어요. 당시 친했던 작곡가 심형섭 씨를 만나는 자리였죠. 그때 심형섭 씨가 '요즘 내가 키우고 있는 친군데, 노래를 아주 잘한다'며 소개했어요. 까무잡잡한 얼굴에 마른 체형이었던 걸로 기억합니다. 나이도 아주 어려 보였어요."

아마도 남진은 전혀 몰랐으리라. 까무잡잡하고 앳되고 마른 친구가 몇 년 후 라이벌이 되리라는 사실을.

부산 초량에서 태어난 나훈아는 초등학교 시절 부산시 교육위원회에서 개최한 콩쿠르에 학교 대표로 출전해 2년 연속 1등을 차지할 정도로 음악적 재능이 뛰어났다고 한다. 중학교까지 부산에서 다니다가 고등학교는 서울 서라벌예고로 유학을 왔다. 이때만 해도 대중 가수가 아닌 클래식 성악가가 되려고 했다. 하지만 고등학교 2학년 때 친구 따라 놀러 간 음악학원에서 작곡가 심형섭을 만났고, 그의 재능을 알아본 심형섭이 오아시스레코드 사장에게 소개하면서 자연스럽게 음반 취입으로 이어졌다고 한다.[53]

어린 시절부터 가수 데뷔까지, 남진과 나훈아는 라이벌이 될 만한 차이점과 공통점을 두루 갖고 있었다. 우선 두 사람이 태어난 고향이 목포와 부산으로 영호남의 지역색이 확실히 드러난다. 마치 정치권의 김대중(DJ)과 김영삼(YS)이 그랬던 것처럼 말이다. 가정형편도 달랐다. 나훈아도 무역선 승무원이었던 부친 덕분에 유복한 편이었으나, 호남 제일 부자에다 국회의원까지 지낸 남진의 부친과 비교할 정도는 아니었다.

무엇보다 외모와 음악 스타일에서 둘은 확연히 갈렸다. 핸섬한 귀공자 스타일의 남진은 도회적 이미지에 스탠더드 팝을 자신의 음악적 뿌리로 삼았고, 스스로 표현대로 '소도둑놈'처럼 생긴 나훈아는 남자다운 스타일에 처음부터 남다른 '꺾기'가 두드러진 트로트 창법을 구사했다. 이후 음악적 행보에서도 남진은 트로트에서 팝, 댄스 음악까지 다양한 장르를 섭렵했지만, 나훈아는 정통 트로트를 고집했다는 점에서 차이가 있다. 곡 분위기와 가사에서도 남진이 '님과 함께' '그대여 변치마오'처럼 도회적 감성에 경제개발 시대의 희망을 노래했다면, 나훈아는 '고향역' '물레방아 도는데' '머나먼 고향' 등 시골 정서에 고향을 떠난 사람들의 아픔을 대변하는 노래들을 많이 불렀다.

다른 듯 닮은 가수,
남진과 나훈아

음악 스타일은 달랐지만 시대 상황을 노래에 담았다는 점에서 남진과 나훈아는 닮았다. 그 시절은 경제개발 5개년 계획, 새마을운동 등으로 전 국민이 건설과 수출의 깃발을 높이 들던 때였다. 가난해도 노력하면 반드시 도약할 수 있다는 번영의 꿈을 품었다. 하지만 급격한 산업화는 후유증 또한 컸다. 이촌향도의 물결 속에서 열악한 환경에 처한 사람들은 고향 떠난 서러움까지 겪어야 했다. 남진과 나훈아의 노래는 산업화의 빛과 그림자를 고스란히 담고 있었다.[54]

이 밖에도 닮은 점이 많았다. 둘 다 어려서부터 노래를 좋아하고 남다른 재능을 보였다는 점이 비슷했다. 지독한 연습벌레라는 사실도 같았다. 거기에 보수적인 부친 몰래 가수 데뷔를 한 사실도 그랬다. 아들이 가수가 되었다는 말을 듣고 "하필이면 풍각쟁이가 되려고 하냐!"면서 불같이 화를 냈다는 남진의 부친처럼, 나훈아의 부친 역시 아들이 가수로 성공한 뒤에도 끝까지 인정해주지 않았다고 한다. 심지어 나훈아가 인기를 얻은 후 오아시스레코드 사장이 돈과 쌀가마니를 들고 부산 집으로 인사를 갔지만, 부친이 "당장 도로 가져가라"며 호통을 쳐서 결국 돈과 쌀을 들고 서울로 돌아갔다는 일화가 있을 정도다.

가수 데뷔도 비슷한 경로를 거쳤다. 우연한 기회에 작곡가가 운영하는 음악 학원에 가게 되었고, 거기서 실력을 인정받아 데뷔 앨범을 낸 것까지 말이다. 또한 둘 다 데뷔 앨범은 크게 주목받지 못했다. 최희준의 영향을 많이 받은 남진의 데뷔곡 '서울 푸레이보이'도, 배호의 음색과 창법을 많이 닮았다는 나훈아의 데뷔곡 '내 사랑'도 인기를 끌지 못했다. 하지만 둘 다 데뷔 이듬해에 인기 가수 반열에 올랐다. 남진은 '연애 0번지'와 '울려고 내가 왔나'가 히트곡으로 성공했고, 나훈아는 '천리길'로 큰 사랑을 받았다.

최초의 히트곡들이 금지곡 판정을 받은 것도 똑같다. 남진의 '연애 0번지'와 '울려고 내가 왔나'는 퇴폐와 왜색을 이유로, 나훈아의 '천리길'은 배호의 노래를 표절했다는 이유로 금지곡이 되었다. 그럼에도 불구하고 둘 다 인기와 히트곡을 이어갔다는 점도 닮았다. 이처럼 다른 듯 닮은 두 가수의 특성은 평생의 라이벌 구도를 이루는 데 필요충분조건이 되었다.

라이벌 구도의 본격화,
리사이틀 대결

남진과 나훈아, 나훈아와 남진의 라이벌 대결은 베트남에서 남진이 귀국하기 전부터 언론에서 군불이 지펴지고 있었다. 1971년 인기 있는 대중 잡지 〈아리랑〉 5월호에서는 남진의 귀국 소식을 전하며 '남진과 나훈아, 어떻게 싸울까?'라는 기사를 내보냈다.

"개전의 막은 열렸다. 남진 군이 월남 복무 만 1년간을 마치고 귀국하게 됐다는 최근의 소식 하나가 이미 국내의 몇몇 인기 가수들에게 선전포고로 들려온 것이다. 심상찮게 일고 있는 이 인기 쟁탈의 전초전은 약 2년 전을 소급해서 남진 군이 파월병으로 결정됐을 때, 사실상 일말의 대립 분위기가 암암리에 조성 발전돼 온 것이다. 나훈아 군 같은 경우는 왕년의 남진 인기를 능가하리만큼 상당히 빠른 속도로 비약하였다. 이 변화가 남진 군이 구축해 놓은 성좌에 위험

신호가 된 것이다. '남진의 부재 시에 인기를 얻었고 그 인기는 곧 남진의 것이다'라는 남진 군 측 의견과 '남진이 계속 활동했어도 능히 그 인기의 자리를 쟁취할 수 있었다'는 나훈아 군 측 의견이 이제 남진 군의 귀국과 더불어 결판을 내게 된 것이다."

둘의 대결을 기대한 것은 언론만이 아니었다. 당시 불황을 겪고 있던 쇼 비즈니스계에서도 라이벌전을 기획하고 있었다. 남진의 귀국 쇼가 열리기도 전, 신문에는 '남진 대 나훈아, 인기 타이틀 매치 퍼레이드'라는 제목의 쇼 광고가 실렸다. 청계천에 있던 살롱 아마존에서 남진과 나훈아가 노래 대결을 펼친다는 내용이었다. 남진 측과 미리 합의되지 않은 사항이었던 탓에 공연은 불발되었지만, 당시 둘의 대결에 얼마나 많은 관심이 집중되었는지 보여주는 해프닝이었다.

본격적인 라이벌전은 남진의 귀국 리사이틀에서 시작되었다. 남진이 나흘간의 공연을 연일 매진시키며 사상 최대의 관객을 동원하자, 나훈아가 바로 다음 달 같은 장소에서 리사이틀을 연 것이다. 나훈아는 이 공연을 위해 10여 벌의 의상을 준비하고 칼춤에서 고고춤까지 다채로운 공연 레퍼토리를 준비했다고 한다. 수많은 관객이 몰렸으나, 남진의 기록에는 미치지 못했다. 라이벌의 역사적 첫 대결은 남진의 판정승으로 끝난 셈이다.

남진과 나훈아의 리사이틀 대결은 또 하나의 결과를 낳았다. 그동안 포크 음악과 그룹사운드에 밀려 부진을 면치 못하던 트로트가 다시 인기를 끌게 된 것이다. 특히 남진과 나훈아의 '오빠 부대'를 이루었던 젊은 여성들이 트로트 팬으로 유입되면서 트로트의 부활을 넘

南珍리사이틀第5彈
歌謠界데뷰10周年記念大公演
南珍스페셜
NAM JIN RECITAL
박상규/옥희/이수미/검은나비
MBC-TV무용단/합창단
안길웅 오케스트라
九月의 하늘아래 펼쳐지는 꿈과 낭만의 世界!
춤과 노래와 웃음으로 엮어지는 異色豪華 스테이지!
南珍의 全部!
開幕迫頭
9月5.6.7.8.9日 대한

우리들의 감기약!
노바킹
노바킹은 감기증상에 따라 6종류로 알맞게 처방조제된 감기약입니다.
노바킹은 약효가 장시간 지속되며 해열·진통작용이 우수합니다.
노바킹 당의정
노바킹 2중정
노바킹 시럽
노바킹 코프
노바킹 지액
노바킹 캅셀
동광약품
第4彈
남진리사이틀
MBC 71, 72, 73年 連3回 가수王 受賞
뮤지컬 코메디
남진과 흥부놀부전
국도

엘비스 · 프레슬리
AAA
青春의 벗
南珍 리사이틀
第5回
후원 · TBC-TV중앙일보
9月27日 10月2日 6日間 시민회관 별관

青春의벗
南珍 리사이틀
第5回
주최 · 아세아푸로덕손
후원 · TBC-TV 중앙일보
협찬 · 오아시스레코오드사
AAA
아세아푸로덕손
제작·총지휘김영호
연 출이영식
기획·구성김일태

어 대중가요 시장의 확대로 이어졌다. 당시 〈일간스포츠〉에는 '남진 리사이틀 대성공으로 트로트 부활 기세'라는 기사가 실리기도 했다.

남진과 나훈아의 리사이틀 대결은 해를 넘겨서도 이어졌다. 이번에는 나훈아가 먼저였다. 1972년 설을 맞아 '나훈아의 꿈'이란 타이틀로 시민회관에서 6일간 리사이틀을 열었다. 나훈아는 트로트와 팝, 포크 음악뿐 아니라 고전 무용, 북춤, 국악에다 직접 연출한 음악극 〈갑돌이와 갑순이〉까지 더한 버라이어티 쇼로 승부를 걸었다. 여기에 남진은 TV로 대응했다. 비슷한 시기 TBC의 〈쇼쇼쇼〉를 통해 떠오르는 스타였던 펄 시스터즈와 조인트 리사이틀을 연 것이다. 당시로서는 흔치 않게 인천 앞바다 야외 공연장에서 촬영해 현장감을 살렸다.[55]

3월에는 남진도 시민회관에서 '72년 남진 리사이틀'을 열었다. 같은 기간 나훈아는 명동 오비스캐빈에서 '미니 리사이틀'로 맞불을 놓았다. '나훈아의 꿈'이 '72년 남진 리사이틀'보다 더 많은 관객을 동원하면서 언론들은 일제히 "나훈아의 판정승"이란 기사를 내보냈다. 나훈아 리사이틀에 하루 최대 1만 3천 명의 관객이 찾아 시민회관의 하루 최대 관객 입장수 신기록을 세웠다고 한다.[56]

방송에서 스크린까지 전방위적 라이벌 대결

리사이틀에서 시작한 라이벌 대결은 방송으로 이어졌다. 무엇보다 방송사에서 주최하는 연말 가요대상을 과연 누가 받느냐에 관심이 쏠렸다.

연말 가요대상은 1965년 TBC에서 처음 시작했다. 〈방송가요대상〉이란 이름으로 시민회관에서 열렸는데, 남자가수상과 여자가수상, 신인상 등 분야별로 시상했다. TBC보다 한 해 뒤에 시작한 MBC의 연말 가요대상 프로그램은 〈10대 가수 청백전〉이었다. 일본 NHK 방송국의 대표 프로그램인 〈홍백가합전〉처럼 남녀 가수가 5명씩 팀을 이루어 대결을 벌이는 형식으로, TBC와 달리 남녀 통틀어 단 한 명의 가수에게 '최고인기가수상'을 주었다. 이는 '가수왕'으로 불리면서 최고의 영예로 여겨졌다. 그래서인지 MBC 연말 가요대상이 TBC

보다 인기가 좀 더 높았다. 10대 가수 청백전은 1974년부터 〈10대 가수 가요제〉로 이름이 바뀌었지만, 남녀 팀 대결이라는 포맷은 유지되었다.

1971년 연말 가요대상은 남진과 나훈아의 양강 구도였다. 귀국 쇼로 리사이틀의 새 역사를 쓰며 건재를 과시했던 남진이냐, 남진이 없는 동안 정상의 자리로 올라선 나훈아냐, 이것이 초미의 관심사였다. 많은 언론들은 남진이 2년간의 공백에다 9월에야 컴백했다는 핸디캡을 근거로 나훈아의 우세를 예상했다.

하지만 정반대 결과가 나왔다. MBC의 최고인기가수상뿐 아니라 TBC의 남자가수상까지 남진이 차지한 것이다. 나훈아는 MBC의 10대 가수 중 한 명이 되는 것으로 만족해야 했다. 남진은 1971년을 시작으로 3년 동안 내리 MBC 가수왕에 올랐을 뿐 아니라 1971년과 1973년에는 TBC 남자가수상까지 차지했다. 반면 나훈아는 1972년 TBC 남자가수상을 차지하는 데 그쳤다. 결국 연말 가요대상 라이벌전은 남진의 완승으로 끝났다.

1972년에는 MBC 10대 가수 청백전에서 큰 사고가 있었다. 공연이 끝나고 막을 내리기 직전에 전기 합선으로 화재가 발생한 것이다. 불은 삽시간에 번져 행사장이었던 시민회관을 집어삼켰다. 당시 3천여 명에 이르던 관객들은 긴급히 대피했지만, 이남용 시민회관 관장을 비롯해 51명이 목숨을 잃었다. 무대 뒤에 있었던 연예인 중에서는 사망자가 없었으나 문주란, 김상희, 하춘화 등이 부상을 입었다. 이 화재로 시민회관은 전소되었고, 6년 뒤 같은 자리에 세종문화회관이 세워졌다.

방송에서의 경쟁은 스크린으로도 이어졌다. 남진이 먼저 영화배우로 데뷔해 큰 인기를 끌자, 나훈아도 스크린에 진출했다. 1970년 코미디 영화 〈웃겨주시네〉를 시작으로 1971년에는 나훈아가 주연한 영화 5편이 연달아 개봉하면서 배우로도 이름을 알리기 시작했다. 당대 톱 여배우 문희와 함께 출연한 〈풋사랑〉이 태국으로 수출하는 성공을 거두면서, 스크린에서도 남진과 라이벌 구도를 형성하게 되었다.[57]

1971년 11월에는 남진과 나훈아가 공동 주연을 맡은 〈기러기 남매〉가 개봉했다. 이 영화는 아예 포스터부터 '남진 〈대결〉 나훈아'라는 카피를 내걸어 흥행에 성공했다. 남진과 나훈아의 라이벌 구도가 가요계에 이어 영화 흥행에도 도움이 된 것이다. 두 사람은 〈기러기 남매〉를 시작으로 〈친구〉(1972), 〈동반자〉(1973), 〈어머님 생전에〉(1973) 등의 영화에 함께 출연해 연기와 인기 대결을 펼쳤다.[58]

라이벌 대결의 빛과 그림자

전방위적인 라이벌 대결에는 부작용도 뒤따랐다. 여기에는 매일 두 가수의 대결을 부추기는 기사를 쏟아낸 언론이 한몫했다. 양측의 신경전이 거세면서 연말 가요대상이 열릴 때면 꽃다발과 화환 숫자 늘리기로 세몰이하고, 팬클럽이 마찰을 빚는 일도 왕왕 벌어졌다. 라이벌전 뒤에는 당시 대한민국 가요계를 이끌던 메이저 음반사와 방송국의 자존심 대결도 있었다. 남진이 속해 있던 지구레코드와 나훈아가 속한 오아시스레코드는 국내 음반사의 양대 산맥이었다. 이들은 소속 작곡가들을 총동원해 둘을 위한 노래를 만들고, 이를 적극적으로 홍보해 매출을 올렸다. 또한 TBC는 남진을, MBC는 나훈아를 지원하는 것으로 알려졌다.

이런 관계는 상황에 따라 바뀌기도 했다. 1972년 나훈아가 전격적으로 지구레코드로 옮기면서 남진과 한솥밥을 먹는 처지가 된 것이다. 하지만 라이벌 관계는 변하지 않아 음반사에서 둘이 부딪치는 일이 없도록 각별한 신경을 썼다고 한다.

또한 같은 해 연말 가요대상에서 남진은 MBC, 나훈아는 TBC에서 상을 받음으로써 둘을 지원하는 방송국이 바뀌었다는 이야기가 나왔다. 특히 나훈아는 MBC 10대 가수에 선정되었지만 예고 없이 시상식에 불참해 사회를 보던 아나운서 변웅전이 대신 노래를 하는 해프닝까지 벌어졌다.[59] 이 일로 인해 한동안 MBC에서는 나훈아의 노래를 들을 수 없었다고 한다.

두 가수의 라이벌 대결이 열기를 더해 갈 무렵 비극적인 사건이 터졌다. 1973년 6월 시민회관에서 공연 중인 나훈아가 괴한의 습격을 받은 것이다. 그날 나훈아가 앙코르 송으로 '찻집의 고독'을 부를 때였다. 갑자기 객석에서 한 남성이 일어나더니 무대 위로 올라와 나훈아를 향해 깨진 유리병을 휘둘렀다. 이 사고로 나훈아는 왼쪽 뺨을 70바늘이나 꿰매는 중상을 입었다. 그런데 일부 언론에서 범인의 배후로 남진을 지목하면서 남진 또한 곤욕을 치렀다. 검찰 조사 결과 범인의 단독 범행으로 밝혀졌지만, 이 일로 나훈아와 남진 모두 큰 피해를 입었다. 심지어 범인은 출소 후 남진의 목포 생가에 불을 질러 조부의 유일한 초상화가 불타기도 했다.

이런 사건 속에서도 남진과 나훈아의 라이벌 구도는 변하지 않았다. 심지어 둘의 활동이 뜸해진 1980년대 이후에도 라이벌 대결 기사가 심심치 않게 언론 지면을 장식했다. 남진과 나훈아가 모두 화

地球레코드
最新히트曲 퍼레이드!
全永祿
音響과 信用을 자랑하는
지구레코드공사
경기도 고양군 벽제면 대자리
TEL. 38-7233 · 39-7333

려하게 복귀하고 왕성한 활동을 이어간 뒤에는 더욱 많은 기사가 나오고 있다. 1970년대에 시작한 라이벌 구도가 50년이 넘도록 이어지고 있는 셈이다.

그렇다면 세기의 라이벌 대결의 최종 승자는 누구일까? 아직 두 가수가 활발하게 활동 중이니 섣불리 단언할 수는 없다. 하지만 라이벌 구도를 통해 두 가수뿐 아니라 대한민국 가요계 전체가 크게 성장한 점은 분명하다.

남진은 나훈아와의 관계에 대해 이렇게 정리했다.

"저는 나훈아 씨를 만난 것이 행운이라고 생각해요. 어찌 보면 나훈아가 있었기에 지금의 남진이 있고, 또 남진이 있었기에 나훈아가 있는 것이죠. 덕분에 우리는 큰 인기를 얻었고, 우리 가요 또한 발전하지 않았습니까. 정치에서 YS와 DJ가 그랬듯이 우리도 하늘이 만들어준 라이벌이죠."

라이벌 덕에 더 풍성해진 대한민국 가요사

가요계에 '남진 대 나훈아'라는 라이벌만 존재했던 건 아니다. 시대에 따라 수많은 라이벌이 등장해 대중의 관심을 끌고 가요의 발전을 이끌었다. 그중 많은 이들이 '가요계의 원조 라이벌'로 손꼽는 이는 남인수와 현인이다.

1918년 진주에서 태어난 남인수는 1942년 '낙화유수'를 히트시키며 인기 가수의 반열에 오른다. 그보다 한 해 뒤에 태어난 현인은 해방 이후 '신라의 달밤', '비 내리는 고모령', '고향만리' 등을 연달아 히트시키며 남인수의 아성에 도전장을 내밀었다. 어느새 둘은 라이벌로 손꼽혔고, 팬들의 요청으로 한 무대에서 서기도 했다. 1959년 서울을 비롯해 부산, 대구, 대전, 광주 등을 돌면서 경연을 벌인 것이다. 공연 동안 둘이 한 곡씩 번갈아 불렀고, 객석을 양분한 팬들은 저

마다 응원하는 가수가 노래할 때마다 환호성을 질렀다고 한다. 우리 가요사 최초의 라이벌 대결이었던 셈이다.[60]

1960년대에는 이미자와 패티김이 새로운 라이벌로 떠올랐다. 비슷한 나이에 데뷔 시기가 같은데다, 당대 최고의 가수로 손꼽히며 인기를 누렸기 때문이다. 하지만 둘의 음악 스타일은 전혀 달랐다. '동백아가씨'의 이미자가 트로트의 전형이라면, '초우' '가을을 남기고 간 사람' 등의 히트곡을 부른 패티김은 전형적인 스탠더드 팝 가수였다. 남진과 나훈아만큼은 아니지만 이들도 서로에 대한 신경전과 자존심 싸움이 대단했다고 한다. 당대 최고의 작곡가였던 박춘석도 서로 부딪치지 않도록 연습 시간을 조정할 정도였다고.[61] 하지만 훗날 함께 방송에 나온 두 가수는 입을 모아 "우리는 라이벌이 아니라 동반자"라며 우정을 내보인 바 있다.

1970년대는 단연 '남진 대 나훈아'의 시대였다. 세기의 라이벌은 가요 역사상 전무후무한 특징을 지녔다. 이전의 라이벌이 기성세대의 관심 대상이었고, 이후에는 대부분 젊은이가 관심을 쏟은 데 비해 남진과 나훈아의 격돌에는 국민 모두 참여했다. 할아버지, 학생들, 지성인, 농부와 상인들까지 남진인가 나훈아인가를 두고 설전을 벌였다. 심지어 집안 식구들마저도 남진 편 나훈아 편으로 나뉘어 신경전을 벌였으며, 아이들도 어른들에게 '남진이냐, 나훈아냐?'라는 선택을 강요받았을 정도다. 조금 과장하자면 남진과 나훈아, 네 편 내 편으로 나라가 두 동강이 난 듯했다.[62]

남진과 나훈아의 활동이 뜸해진 1980년대는 조용필의 시대였다.

하지만 이때도 라이벌은 있었다. 1981년 '바람이려오'로 혜성같이 등장한 가수 이용이 이듬해 '잊혀진 계절'을 히트시키며 MBC 가수왕을 차지한 것이다. 1980년부터 1986년까지 조용필을 제치고 이 상을 받은 건 이용이 유일했다. 1987년부터는 조용필이 후배들을 위해 더 이상 가수상을 받지 않겠다고 선언하면서 다른 가수들이 수상했지만 말이다. 1980년대 전체로 보면 이용을 조용필의 라이벌이라고 하긴 어렵지만, 적어도 1982년만큼은 '조용필이냐 이용이냐' 하는 질문이 젊은이들 사이에서 유행했다.

1990년대는 아이돌이 등장하면서 가요계의 판도가 달라졌다. 이때 등장한 라이벌이 바로 'H.O.T. 대 젝스키스'였다. 이들은 아이돌 음악에 큰 관심이 없는 기성세대도 알 만큼 유명한 라이벌 구도를 이루었다. 이후 'S.E.S. 대 핑클', '신화 대 god', '동방신기 대 빅뱅'으로 이어졌다. 물론 이때도 가요계의 라이벌이 아이돌만 있었던 건 아니다. '발라드 황제' 신승훈과 '라이브 황제' 이승철, '트로트계의 영원한 맞수' 송대관과 태진아 등도 관심을 끌었다.

이러한 라이벌 구도는 가끔 너무 과열되어 부작용을 일으키기도 했지만, 대부분 양쪽 가수 모두에게 그리고 가요계 전체에 도움이 되었다. 가요 평론가들은 "라이벌전의 진정한 승자는 가수 모두이며, 대한민국 가요계"라고 말하기도 한다.

'그대여 변치마오'

1973년 발표한 남진의 히트곡. 흥겨운 리듬에 남진의 시원한 보컬이 더해져 한 해 전 발표한 '님과 함께'의 흥행을 이어갔다. 리듬이나 보컬은 물론, "그 누가 이 세상을 다 준다 해도 당신이 없으면은 나는 못살아" 등 가사 또한 '님과 함께'와 비슷한 분위기를 풍긴다. 훗날 남진은 이 노래에 대해 "팬들에게 보내는 나만의 연서"라고 말한 바 있다. 전형적인 사랑 노래지만, 자신은 팬들이 변함없이 자신을 사랑해주길 바라면서 이 노래를 불렀다는 것이다.

그 마음이 팬들에게 전달된 걸까. 이 곡은 발표되자마자 엄청난 인기를 끌었고, 덕분에 남진은 나훈아라는 막강한 라이벌이 있었음에도 그해 MBC와 TBC의 연말 가요대상을 휩쓰는 기염을 토했다. MBC 가수왕은 3회 연속 수상하면서 가요계에 새로운 역사를 쓰기도 했다.

'그대여 변치마오'는 당시 지구레코드 전속 작곡가였던 김준규의 작

by 남진

품이다. 그는 원래 부산MBC 전속 가수로 시작해 지구레코드에서도 음반을 발표했지만, 1967년부터는 작곡에 몰두했다고 한다. 이후 이은하의 데뷔곡인 '님마중'과 문주란의 '이슬비' 등을 만들었다. 특히 데뷔 이전 이미자를 따라 하던 이은하를 보고 '김추자 스타일'을 추천해 성공시킨 것으로 유명하다.

11

음악이 멈추고

미국행 그리고 활동 중단

1973년 MBC 가수왕 3연패를 차지하면서 절정을 맞았던 남진의 인기는 다음 해에도 지속되었다. 박춘석이 만든 노래 '나에게 애인이 있다면'이 히트한 덕분이다. 하지만 '님과 함께'나 '그대여 변치마오'보다는 폭발력이 덜했다. 1974년 남진은 가수왕 타이틀 대신 10대 가수에 선정되는 것으로 만족해야 했다.

이 시기는 대한민국 가요계가 전체적으로 위축되기 시작한 때다. 1973년 말 시작된 '오일 쇼크'는 우리 경제에 큰 타격을 입혔다. 1975년 유신정권의 '가요 정화 운동'이 본격화되면서 그나마 가요계의 흥행을 이끌던 포크와 록 음악들이 무더기로 금지곡 판정을 받았다. 거기다 1975년 말에 터진 '대마초 파동'은 가요계에 한파를 몰고 온 결정타였다.

이러한 시대적 흐름 속에서 남진의 인기도 한풀 꺾였다. 몇 년 뒤 남진은 미국으로 떠났다. 데뷔 이래 지금까지 앞만 보고 달려오느라 누적된 피로가 주된 원인이었다. 좀 더 편하게 생활할 수 있는 곳에서 쉬고 싶었다. 그렇게 3년 동안 남진은 음악 활동을 중단했다.

오일 쇼크와 포크, 록 음악의 부상

남진이 연말 가요대상을 휩쓸던 1973년 말, 전 세계 석윳값은 하늘 높은 줄 모르고 치솟았다. 같은 해 10월 이스라엘과 중동 국가들 사이에서 벌어진 제4차 중동 전쟁이 도화선이었다. 미국의 전폭적인 지원을 받은 이스라엘에 밀리던 중동 산유국들은 전쟁 발발 열흘 만에 일방적인 원유 가격 인상을 결의했다. 이른바 '석유 무기화'가 시작된 것이다. 두 달 후 국제 석유 가격은 4배나 올랐다. 이는 수출 주도의 해외 의존적 경제구조를 가진 대한민국에 큰 타격을 주었다. 생산비용의 상승으로 인플레이션이 가속화되었고, 성장률은 둔화하고 무역수지는 악화했다.

결국 오일 쇼크는 경기 불황으로 이어졌고, 가요를 비롯한 문화산업이 가장 큰 타격을 받았다. 음반의 경우 원유 가격 인상으로 레코드(LP)의 재료인 PVC 품귀 현상이 나타나 음반 제작이 축소되고 음반 가격이 인상되었다. 〈일간스포츠〉 11월 9일 자에 'PVC 원료 바닥나 레코드 제작 올스톱: 출고가격 톤당 22만 원인데, 50만 원 주고도 못 사'라는 제목의 기사가 실릴 정도였다.

가요계의 불황은 음반 시장을 넘어 당시 가수들의 주 수입원 중 하나였던 나이트쇼까지 미치게 되었다. 1974년 11월 2일 자 〈경향신문〉에 실린 '가수들 유일한 젖줄 나이트쇼도 불황'이라는 기사를 보면 당시 상황을 짐작할 수 있다.

"다운타운에 철 이른 한파가 밀어닥치고 있다. 한때는 연예인들의 '가장 큰 수입원'으로 각광을 받을 만큼 나이트 스테이지는 흥청거렸으나 이제는 드높던 태평가도 들을 수가 없게 됐다. 고객이 줄면서 출연하는 연예인들도 괄시를 받게 된 것이다. (…) 서울 장안에서 가장 규모가 크다는 명동 R 살롱의 경우만 보더라고 작년 이맘때에 비해 고객의 출입이 반 이하로 격감, 고뇌 어린 표정을 감추지 못하고 있다. R 살롱은 남진, 후라이보이 등 호화 캐스트로 명성이 드높았는데 요즘은 매상이 출연자들의 개런티에서 미치지 못하고 있다고 긴 한숨이다."

하지만 가요계의 불황이 모든 장르에 적용된 것은 아니었다. 당시 젊은이들을 중심으로 인기를 끌었던 포크와 록 음악은 음반 판매량과 공연 수입에서 큰 증가세를 보이고 있었다. 특히 1974년 〈신중현과 엽전들〉 1집에 수록된 '미인'은 '3천만의 애창곡'이란 별명을 얻을 정도였다. 이 앨범은 가요계의 불황 속에서도 수십만 장의 판매를 기록하면서 포크에 이은 록 음악의 성장세를 이끌었으며, '신중현 사단'을 이끌며 기획자 겸 작사 · 작곡가 역할을 하던 신중현이 '인기 가수'로 자리잡는 계기가 되었다.

같은 해 열린 연말 가요대상에선 포크 계열 가수들의 부각이 두드러졌다. 특히 TBS 방송가요대상에서 김세환이 남자가수상을 받는 등 포크 가수와 노래에 가수상이 몰려 '1974년은 포크계 최고의 해'란 평가를 얻었다.[63]

포크와 록 음악의 상승세에 밀려 트로트는 약세를 면치 못했다. 언론들은 그 책임을 불황과 함께 트로트 계열 가수와 음반 관계자에게 돌리면서, 트로트에 대한 부정적인 시선을 내비치기도 했다. 1974년 10월 2일 자 〈경향신문〉에는 '가요 디스크 출반 겨우 20장, 트로트 퇴조 두드러져'라는 제목의 기사가 실렸다.

"9월 한 달 동안에 출반된 트로트 계열의 디스크 수는 고작 20장에도 미치지 못하는 부진한 실적을 나타내고 있다. 매월 50장을 훨씬 능가하던 출반량이 갑자기 반 이하로 격감된 이유 가운데는 불경기에 허덕이는 최근 레코드 제작 업계의 피치 못할 사정도 있었겠지만, 그보다는 현저하게 달라진 가요 팬들의 기호를 아직 간파하지 못한 채 눈치만 보고 있기 때문이라는 해석이 중론이다. (…) 하잘것없는 가사, 멜로디에 먹칠만 하고 있는 어레인지의 빈곤, 하소연의 경지를 벗어나지 못하는 가수들의 가창 실력 등이 피곤한 트로트 계열을 갈수록 깊은 잠에 빠뜨리고 있다."

장발, 미니스커트 단속과 긴급조치

포크와 록 음악의 성장은 기성세대에 반항적인 청년 문화와 밀접한 연관이 있었고, 이는 당시 사회 전체에 억압을 강화하던 박정희 정권의 탄압을 받게 되었다.

시작은 가요계가 아니라 청년 문화에 대한 단속이었다. 1970년대 초반부터 장발과 미니스커트에 대한 단속을 시작한 정부는 1973년 2월 8일 경범죄처벌법을 개정하면서 '성별을 알아볼 수 없을 정도의 남성 장발'과 '신체의 과도 노출, 안까지 투시되는 옷을 착용하는 행위' 등을 처벌 대상에 명시하면서 본격적인 단속에 들어갔다. 이 무렵 바리캉을 들고 다니는 경찰과 이를 피하려는 장발 청년들이 숨바꼭질을 벌이는 진풍경이 자주 펼쳐졌다. 경찰이 자를 가지고 여성의 무릎부터 치마 길이를 재는 일도 심심치 않게 볼 수 있었다.

단속의 배경에는 1972년 제정된 유신 헌법이 있었다. 대통령은 초헌법적인 권한을 갖게 되었으며, 그나마 무늬만 있던 민주주의마저 압살되고 말았다. 당연히 국민의 반발이 잇따랐고, 독재 정권은 장발과 미니스커트 단속 등으로 국민 통제를 강화한 것이다. 이는 1974년 벽두부터 시작된 일련의 긴급조치 발표에서 절정을 이루었다. 박정희 정권은 9호까지 이어진 긴급조치를 통해 유신 헌법에 대한 논의 자체를 금지하고, 이를 어길 시 법관의 영장 없이 체포 · 구속 · 압수 · 수색하며 15년 이하의 징역에 처할 수 있도록 만들었다.

독재 정권은 징역형을 넘어 사법 살인까지 서슴지 않았다. 시인 김지하는 "1974년 1월을 죽음이라고 부르자"는 시를 썼다가 사형 선고를 받았고, 긴급조치 4호에 의해 구속된 전국민주청년학생총연맹(민청학련) 사건 관계자 중 8명은 실제 사형을 당했다.[64] 훗날 재심을 통해 당시 정부가 민청학련 사건을 조작했다는 사실이 밝혀져 관련자들 모두 무죄 판결을 받았지만, 이미 세상을 떠난 희생자들은 다시 돌아올 수 없었다.

유신 정권의 가요 정화 운동과 대마초 파동

유신 독재 정권의 전방위적 탄압은 가요계도 예외가 아니었다. 가장 먼저 대상이 된 것은 1973년 김지하의 연극 〈금관의 예수〉에 참여하는 등 문화 운동을 벌였던 김민기였다. 그는 경찰에 연행된 이후 음반 판매와 공연을 비롯한 모든 공식적인 활동을 금지당했다. 특별히 활동하지 않아도 말 한마디만 잘못해도 끌려가던 시절이었다.

포크 가수 서유석은 1973년 TBC 심야 라디오 프로그램 〈밤을 잊은 그대에게〉를 진행하던 중 베트남 전쟁의 참상을 고발한 책 내용을 소개해 문제가 되었다. 실시간 모니터링하고 있던 중앙정보부(현 국가정보원)에서 "지금 방송국으로 갈 테니 꼼짝 말고 있으라"고 전화했고, 피디의 하얗게 질린 표정을 본 서유석은 20분짜리 곡 하나를 턴테이블에 걸어놓고 그대로 줄행랑쳤다고 한다. 이때부터 3년 동안 서유석은 방송은 물론 음반 발표조차 할 수 없었다. 심지어 1974년 제작한 이정선의 앨범 〈섬소년/오직 사랑뿐〉은 표지의 장발 때문에 반려되기도 했다.

산발적으로 이루어지던 가요계 탄압은 1975년 6월 7일 문화공보부(현 문화체육관광부)가 공연물 및 가요 정화 대책을 발표하면서 본격화되었다. 한국예술문화윤리위원회(예륜)는 3차에 걸쳐 무려 223곡의 국내 가요를 금지곡으로 묶었으며, 이러한 가요 정화 운동은 가뜩이나 경기 침체로 허덕이던 음반 산업에 직접적인 타격을 주었다. 예륜의 금지곡은 이전과 달리 방송뿐 아니라 음반의 제작, 판매나 공연도 금지했기 때문이다. 이미 시장에 풀린 음반은 회수해서 폐기 후 새로 제작해야 했고, 공연에서도 부를 수 없었다. 김민기의 '아침이슬'을 시작으로 신중현의 '미인', 이장희의 '그건 너' 등과 함께 송창식을 가수왕으로 만들어준 '왜 불러'까지 금지되었다. 이유는 가사 불순, 창법 저속, 공권력 조롱 등 도무지 이해할 수 없는 것들이었다.

음반 금지 조치의 절정은 그해 크리스마스이브에 찾아왔다. 12월 24일 문공부에서 금지 가요가 수록된 앨범을 제작, 배포했다는 이유로 등 7개 음반사에 대한 영업정지 처분을 내린 것이다. 지구, 오아시스, 신세계레코드 등 메이저 음반사들이 대거 포함되었다. 당시 문공부에 등록된 음반 제작사가 불과 10개였던 사실을 감안하면 파장을 짐작할 수 있을 것이다.[65]

가요 정화 운동이 음반과 방송, 공연을 겨냥했다면 1975년 12월에 터진 대마초 파동은 정부 마음에 들지 않는 가수들을 정조준했다. 12월 3일 이장희, 윤형주, 이종영을 시작으로 신중현, 김추자, 손학래 등 수십 명이 구속되는 사건이 벌어졌다. 당대를 대표하는 포크 음악과 록 음악 계열 인기 가수들이 총망라된 셈이다. 당시만 해도 대마초는 '해피 스모크'로 불리며 길거리나 다방에서 흔히 피웠다. 1970년 제정된 습관성의약품관리법에 대마초 흡연을 규제하는 조항이 있었지만, 실질적인 단속은 거의 없었다. 이런 상황에서 당국의 단속은 어떠한 사전 경고도 없이 이루어졌다. 대마초 흡연으로 인한 구속도 이때가 처음이었다.[66] 수사 과정에서 고문도 공공연히 자행되었다. 신중현은 훗날 "매달아 놓고 물고문을 하는 통에 수사관들이 불러주는 대로 인정했다"며 "정신병원에 감금되었다가 구치소로 옮겨졌다"고 증언했다.[67]

요란한 수사 과정에 비해 선고는 상대적으로 가벼웠다. 모두 실형 대신 집행유예나 벌금형을 받았고 훈방 조치 된 사람도 여럿이었다. 하지만 대마초 파동에 연루된 가수들은 모두 유신 정권이 끝날 때까지 거의 활동할 수 없었다. 피해 가수들뿐 아니라 우리 가요계의 큰 손실이었다.

미국행과 결혼 그리고 방송 통폐합

우리 가요계가 여러 악재로 위축되던 무렵, 남진의 인기 또한 절정을 지나 내리막길이었다. 비록 가요 정화 운동이나 대마초 파동에서 비켜나 있었지만, 인기가 예전 같지는 않았다. 1976년부터는 MBC 10대 가수 명단에서도 빠졌다. 여기에는 같은 해 가수 윤복희와의 결혼도 영향을 주었던 것으로 보인다. 당시만 해도 남녀 가수 누구에게나 결혼은 인기 하락 요인이었다. 물론 여성이 훨씬 더 큰 타격을 입었지만. 윤복희와의 결혼 생활 동안 수많은 소문이 나돈 것도 좋지 않은 영향을 주었다. 1979년 이혼하면서 소문은 정점에 달했지만, 남진은 아무런 해명도 하지 않았다. 한때 사랑했던 사람의 프라이버시를 지켜주기 위해서였다. 2019년 한 방송에 등장한 윤복희는 "당시 이혼의 책임은 나한테 있었다. 남진은 나를 사랑했고,

귀하게 여겼다. 지금도 그에게는 항상 미안한 마음뿐이다"라고 말했다.[68] 윤복희와 이혼한 후 남진은 미국행을 택했고, 거기서 새로운 인연을 만나 새로운 생활을 시작했다.

"미국으로 간 건 쉬고 싶은 마음이 제일 컸어요. 월남전 파병 기간을 빼면 데뷔하고 쉼 없이 연예계 생활을 했으니까. 정말 많이 지쳐 있었습니다. 그때 뉴욕에서 지금의 아내를 만났어요. 친구 소개로 만났는데, 뉴욕에서 데이트하고 한국에 오가며 양가 허락을 받았죠. 저희 어머니가 아내와 제 점을 열 번 넘게 보셨답니다. 근데 모두 좋게 나와서 결혼을 아주 서두르셨어요."

아내는 뉴욕에 사는 교포였다. 처가는 그곳에서 레스토랑을 30여 곳이나 운영하고 있었는데, 남진도 그중 한 곳을 맡아서 운영했다. 음악 활동은커녕 공연도 거의 보러 다니지 않았다. 처음 해보는 사업도 재미있었지만, 아이들이 줄줄이 태어나는 바람에 귀국은 점점 늦어졌다. 그렇게 연년생으로 딸 셋을 얻고 아이들 키우는 재미에 푹 빠져 살았다.

남진이 미국에서 사업을 하며 아이들을 키우고 있는 동안, 국내 상황은 혼란을 거듭하고 있었다. 박정희의 죽음 이후 짧은 '서울의 봄'이 찾아왔지만, 전두환의 등장으로 군부 독재가 지속되었다. 12 · 12 쿠데타와 광주 학살로 집권한 신군부 세력은 유신 정권의 가요 정화 운동을 이어받는 한편, 방송 통폐합을 통해 언론과 문화에 대한 새로운 억압을 시도했다. TBC는 KBS에 흡수되었고, 구사일생으로 살아남은 〈쇼쇼쇼〉는 활력을 잃었다.

海外거주「철새演藝人」國內활동 規制움직임

凱旋將軍式 방송출연 價値觀 전도시킬 우려

南珍

朴載蘭

거의가 떳떳지 못한 滯留動機…잠시歸國 돈벌곤 또 훌쩍

名対決 <85>

羅勳兒와 南珍

南珍귀국설에 "올테면 빨리오라" 羅勳兒

[illegible]

「南珍과 함께」등

[illegible]

TV 週評

外國살다오면 환대하는 「특별舞臺」보기 역겹다

[illegible]

질질 끄는 것도 "限界" 여전한 군말 싫증 느껴

「새아씨」

[illegible]

[illegible]

‘미인’

대한민국 ‘록의 대부’ 신중현이 만들고, 그의 밴드 신중현과 엽전들 1집에 실린 타이틀곡이다. 당시 전 세계적으로 유행하던 사이키델릭 록 스타일을 한국식으로 소화한 음악으로 대중들의 인기를 끌어 수십만 장의 판매고를 올렸다. 그래서 붙은 별명이 ‘3천만의 애창곡’. 이듬해 동명의 영화로도 제작되었고, 신중현은 처음이자 마지막으로 극영화의 주인공을 맡기도 했다.

미8군에서 음악을 시작한 신중현은 대한민국 최초의 록밴드라고 불리는 에드4를 시작으로 덩키스, 더 맨 등의 밴드를 만들어 활동했는데, 대중들의 인기를 끌지는 못했다. 대신 이때 만든 노래들을 다른 가수들에게 주면서 이른바 신중현 사단이라 불리는 인기 가수를 줄줄이 만들어냈다. 그런 가운데 발표된 ‘미인’은 그가 직접 부른 노래 중 최초의 히트곡이라 할 수 있다.

하지만 3천만의 애창곡이었던 ‘미인’은 1975년 7월 금지곡이 되었다. 이른바 대마초 파동이 일어나기도 전이었다. ‘가사나 곡 자체는 문제점이 없으나 사회적으로 파급되는 좋지 못한 점' 때문이었다. 실제로는 유신 반대를 하던 대학생들이 "한 번 하고, 두 번 하고, 자꾸만 하고 싶네"라는 가사로 바꿔서 박정희의 종신 집권 야욕을 풍자했기 때문이라고 한다. 당시 청와대에서 '대통령 찬가'를 만들라는 제안을 신중현이 거절하면서 미운털이 박혔다는 이야기도 있었다. 결국 대마초 파동에 연루된 신중현은 군사 독재 시절 내내 제대로 된 음악 활동을 할 수 없었다.

12

빈잔

명곡의 탄생, 외압과 낙향

2011년 5월 8일, 당시 최고의 인기를 자랑하던 음악 프로그램 〈나는 가수다〉에서 임재범이 첫 경연 무대에 올랐다. 웅장한 대북 소리에 이어 티베트 고승 같은 구음을 내던 그가 노래를 시작하자 객석에서 낮은 탄성이 흘러나왔다. 국악과 크로스오버 스타일로 편곡된 노래를 특유의 혼이 담긴 샤우팅 창법으로 부른 무대는 방송뿐 아니라 유튜브에서 수백만 조회수를 기록하며 시청자들의 눈과 귀를 사로잡았다.

이날 그가 부른 노래는 1982년 남진이 발표한 '빈잔'이었다. 원곡과는 사뭇 다른 분위기로 편곡되었지만, 원곡이 가지고 있는 힘을 충분히 느낄 수 있는 무대였다. 임재범의 무대가 화제를 모으면서 남진이 부른 '빈잔'도 다시 한번 관심을 끌었다. 남진이 오랜 미국 생활을 청산하고 귀국하면서 발표한 이 노래는 시대의 작곡가 박춘석과 작사가 조운파 콤비가 만들어낸 명곡이었다. 그러나 음악 외적인 이유로 대중들의 시야에서 사라져야 했다. 10년 세월 동안 입에서 입으로 전해지며 역주행 인기곡이 되었다가, 임재범의 리메이크를 통해 다시 한번 대중의 관심을 받게 된 것이다.

성공적인 귀국 공연,
잇따르는 방송 외압

1982년, 3년 만에 남진이 돌아왔다. 톱스타의 귀국은 소문만으로도 큰 화제가 되었다. 미국 생활을 정리하고 돌아오기 전 잠시 들렀을 때도 방송국은 그를 모시기 위해 경쟁을 할 정도였다. 경쟁의 승자는 KBS였다. 그해 6월 12일 남진은 KBS 〈100분 쇼〉에 작곡가 박춘석 등과 함께 출연해 '가슴 아프게', '님과 함께' 등 히트곡 20여 곡을 불렀다. 가수 이미자, 오승근 등이 잠시 게스트로 출연한 것을 빼면 오로지 남진만을 위한 무대였다. 여기서 그는 신곡인 '빈가슴'(박춘석 작사 · 작곡), '외로운 사람끼리'(조운파 작사, 박춘석 작곡) 그리고 '빈잔'(조운파 작사, 박춘석 작곡)을 처음 발표했다.

'빈잔'을 작사한 조운파는 1976년 '아내에게 바치는 노래'로 데뷔한 신예 작사가였다. 시인이었던 그의 작품은 처음부터 대중들의 관심과 평단의 찬사를 받았다. "젖은 손이 애처로워 살며시 잡아본 순간"으로 시작되는 '아내에게 바치는 노래'는 조운파에게 반야월작사상을 안겼고, 1980년 'MBC 가요 반세기'에서 선정한 노랫말 부문 최고상을 받기도 했다. 원래 오아시스레코드 소속으로 임종수 작곡가와 호흡을 맞춰 활동하다가 이 무렵 지구레코드로 옮겨 박시춘과 함께 남진의 신곡을 만들었다.

이어지는 귀국 준비는 순조로웠다. 7월에는 목포 시민극장에서 장애인 돕기 자선공연을 하고, 8월에는 신곡을 담은 새 앨범도 발표했다. 드디어 12월, 미국 생활을 정리하고 완전히 귀국한 남진은 롯데호텔 크리스탈볼룸에서 개최한 디너쇼를 시작으로 본격적인 컴백 활동에 들어갔다. 가수 생활 최초 디너쇼 무대를 가진 것은 "평소 아껴주신 주변 어른들과 팬들께 정중한 인사를 드리기 위해서"였다고 한다. 그는 4시간 동안 펼쳐진 디너쇼 출연료 전액을 독립기념관 건립기금으로 내놓기도 했다. 귀국 공연 이후 줄줄이 방송 스케줄도 잡혔다. 여기까지는 모든 것이 순조롭게 보였다. 하지만 곧 예상치 못한 일이 벌어졌다. 줄줄이 잡혀 있던 방송 스케줄이 약속이나 한 듯 취소되거나 미뤄진 것이다.

"그렇게 반겨주면서 먼저 출연 스케줄을 잡았던 피디들이 특별한 이유도 없이 '다음에 출연하자'고 연락이 오는 거예요. 뭔가 석연치 않은 느낌이 들어서 방송국 관계자들에게 이유를 수소문해 보니 '위에서 제재하는 것 같다'는 이야기가 돌아왔습니다."

당시는 제5공화국의 서슬이 시퍼렇던 시절이었다. 방송국마다 보안사 요원들이 상주하면서 매일 보도지침을 내릴 때였다. 권력의 말 한마디면 방송 금지뿐 아니라 어디론가 쥐도 새도 모르게 끌려가 고문을 받는 일도 흔했다. 더구나 남진은 정권에 의해 탄압받고 있던 호남 출신인 데다 그의 집안은 당시 권력의 눈엣가시였던 김대중 전 대통령과 인연이 깊었다. 정권 실세들 처지에선 남진의 TV 출연이 기분 좋을 리 없었다. 하지만 이런 이유로 방송 출연을 금지할 수 없으니, 남진의 출연 금지는 비공식적으로 이루어졌다.

제5공화국 시절 방송 출연에 제한받은 건 남진만이 아니었다. 가수를 비롯한 여러 연예인이 이러저러한 이유로 방송 출연 금지를 받았다. 가수 심수봉은 10 · 26 사건 당시 현장에 있었다는 이유로, 탤런트 박용식은 외모가 전두환을 닮았다는 이유로 몇 년 동안 방송에 나올 수 없었다. 전두환 정권은 마음에 들지 않는 인물의 출연 금지를 넘어 방송을 완전히 장악하고 있었다. 당시 9시 뉴스를 풍자하던 '땡전뉴스'라는 별명이 이를 잘 보여준다.

낙향 그리고 '빈잔'의 역주행

이런 상황에서 정권에 미운털이 박혔다는 이야기를 들으니, 남진은 화가 나기보다 두려움을 느꼈다. 고민 끝에 서울을 떠나 고향으로 가기로 마음먹었다. 팬들에게는 "쉬고 싶어서 목포로 간다"고 했다. 미국에서 돌아와 활동을 재개한 지 얼마 되지도 않았기에 모양새가 이상했지만 할 수 없었다. 누구한테 항의하거나 뭔가를 한다고 바뀔 것도 아니었기에 잠자코 있는 편이 낫다고 생각했다.

목포에선 어머니가 따뜻하게 맞아주었다. 미국에서 오래 살다 온 아내가 처음엔 좀 힘들어했으나 차차 잘 적응했다. 게다가 막내아들까지 태어나 집안에 더욱 활기가 돌았다. 아무래도 옛날 분이라 은근히 사내 손주를 바랐던 어머니가 특히 기뻐했다. 하지만 무대와 팬들 곁을, 그것도 타의에 의해 떠난 생활이 마냥 즐거울 리 없었다.

그런 생활이 몇 년이나 이어지면서 슬럼프에 빠진 것처럼 느껴지기도 했다.

"돌아보면 살면서 가장 힘들었을 때였던 거 같아요. 젊을 때라 부당한 일을 당하니 마음이 더욱 불편했죠. '빈잔'에 나오는 가사처럼 참 외로운 시간이었습니다."

음악을 할 수 없으니 사업을 시작했다. 1984년 고향 목포에 극장식 카바레를 개업한 것이다. 실은 우연한 시작이었다. 원래 남진 소유의 건물에 지인이 운영하는 유흥업소가 임대로 들어올 예정이었는데, 지인에게 갑작스러운 사정이 생겨서 운영까지 남진이 맡게 되었다. 정상급 가수가 고향에서 차린 유흥업소였으니, 사람들로 문전성시를 이루었다.

남진은 가끔 업소에 나가 한두 시간 노래했다. 이때 '빈잔'을 자주 불렀는데, 몇 년쯤 흘러 음반이 팔리기 시작한다는 소식이 들려왔다. 남진의 히트곡 중 유일하게 방송의 도움 없이 대중들에게 사랑받은 노래가 된 것이다. 훗날 방송에서 후배들이 리메이크하면서 더욱 인기를 끌어, 이제는 남진을 대표하는 히트곡 중 하나로 손꼽힌다. 삼십 대에 부른 노래가 칠십이 넘어 히트곡 반열에 올랐으니, 진정한 역주행이라 부를 만하다.

조직 폭력배의 협박에 맞서다

고향에서 사업을 하는 과정에서 큰 사고도 당했다. 1989년 11월 4일 밤, 한 호텔 야외주차장에서 일본에서 온 연예계 인사와 승용차에 타려는 순간이었다. 막 오른쪽 뒷문을 여는데, 갑자기 20대 남성 세 명이 나타나더니 그중 하나가 남진의 허벅지를 긴 칼로 찌르고 달아났다. 칼이 허벅지를 관통해서 앞으로 튀어나올 정도였다. 대동맥을 아슬아슬하게 피했기에 망정이지, 하마터면 목숨을 잃을 뻔했다. 이들은 몇 해 전 남진의 업소에 찾아와 전무에게 공갈 협박을 자행했던 조직 폭력배들이었다. 당시 불의를 참지 못한 남진이 경찰에 신고해, 폭력배 대부분이 구속되고 조직은 와해되었다고 한다. 이에 앙심을 품은 조직원들이 보복한 것이었다.

"그 사건이 있고 꽤 오랜 시간이 흐른 뒤에 호텔 커피숍에서 누군가 꾸벅 인사를 하더라고요. 자세히 보니 그날 나를 습격했던 청년이었어요. 당시 조직 선배의 지시를 받고 몹쓸 일을 저질렀다며 진심으로 사과하더군요. 이제는 가정을 이루고 잘 산다는 이야기를 듣고 덕담을 건넸죠. 문득 '그때 내가 죽지 않고 살아난 게 나뿐만 아니라 이 청년에게도 참 다행스러운 일이었구나' 하는 생각이 들었어요. 내가 죽었으면 이 청년이 지금처럼 가정을 이루고 행복하게 살기 힘들었을 테니까요."

조직 폭력배로부터 협박이나 폭행을 당하는 건 남진만이 아니었다. 당시 전국적으로 1만여 개소에 달하던 극장식 스탠드바, 카바레 등의 업주나 출연 연예인들은 조폭들에게 시달려야 했다. 특히 무명 연예인들일수록 피해 정도가 심했으나, 인기 스타들도 예외는 아니었다. 남진이 사고를 당한 해, 당시 '파초' 등의 노래로 선풍적인 인기를 끌던 형제 듀오 '수와 진'의 동생 안상진이 한강 둔치에서 조직 폭력배들에게 집단 폭행을 당했다. 하지만 그는 교통사고를 당한 것처럼 위장하고 뇌수술을 받은 뒤 수개월 동안 병원에서 지냈다고 한다. 조폭들의 보복이 두려웠기 때문이다. 같은 해 11월 태진아는 조직 폭력배 네 명에게 몰매를 맞은 후 납치까지 당했다가 겨우 구출되기도 했다.[69]

이런 상황에서 남진 사건까지 벌어지자 가수들이 들고일어났다. 사건 직후 열린 '가수의 날' 행사에 모인 300여 명의 가수들이 조직 폭력배들의 상습적인 협박, 폭행에 대한 관계 당국의 대책을 요구한 것이다. 이들은 관련 결의문까지 채택하고 당국의 실질적이고 단

가수南珍 怪漢3명에 被襲

4일 하오9시50분쯤 서울 중구장충동2가산5타워호텔 카바레주차장에서가수南珍씨(44·본명金南珍·서울용산구 한남동유엔빌리지)가 20대남자 3명에게 피습, 전치3주의 상처를입고 인근 순천향 병원에서 치료를 받고있다。

南씨는 경찰에서「카바레에서 노래를부른뒤 일본연예관계자와함께 주차장에서 자신의 벤츠승용차(전남0가5004호)의 오른쪽뒷문을여는 순간 갑자기 뒤쪽에서 나타난 20대남자 3명중 1명이 예리한 흉기로 왼쪽 허벅지를 한번찌른뒤 그대로 달아났다」고 말했다。

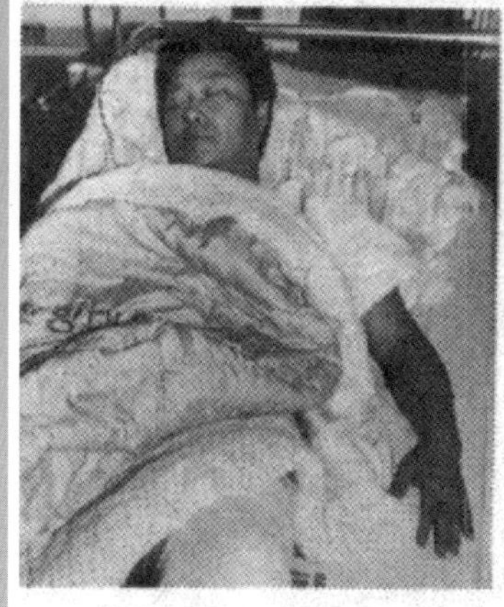

4일저녁 괴한들로부터 흉기로 왼쪽 허벅지를찔려 순천향병원에 입원중인 가수 南珍씨。<盧在德기자>

예년의 자축행사로서의 기념식과는 달리 가요계 주변의 비리·폭력 근절을 외치는 가수들의 분개한 목소리가 터져나온 올해 '가수의 날' 행사(7일 서울 리베라호텔, 〈한겨레신문〉 8일자 보도)는 가요계를 둘러싼 문제점에 새롭게 관심을 집중시켰다.

이날 기념식에 참석한 원로·중견·신인가수 등 3백여명은 유흥업소에서 활동하는 대부분의 연예인들이 상습적으로 폭력배들에게 협박·공갈·폭행을 당해 오던 중 지난 4일 밤 가수 남진씨가 폭력조직의 피습을 당하는 등 생명의 위협까지 받게 된 것을 중시, 당국의 대책을 촉구하고 나섰다.

가요계 "비리·폭력 근절" 한목소리

남진씨 피습 계기 당국에 대책 촉구
인기 조작 위한 금품 거래 자성론도

이들은 이날 결의문을 채택, 당국에 조직 폭력배 근절이라는 심각한 당면문제에 대해 구호만이 아닌 실질적인 단호한 조처를 취해 줄 것을 촉구했다.

특히 밤업소 주변에서 연예인들을 협박, 금품을 갈취해 온 폭력조직을 소탕해 줄 것을 요구했다.

연예협회 가수분과 김광진 위원장은 이날 "그동안 말 못하고 당해만 오던 폭력 피해로부터 이제 우리 자신을 지키기 위해 힘을 합해 나서야 할 때가 왔다"고 말했다.

가수분과위원회쪽은 당국의 폭력배 근절 대책을 촉구하기 위해 오는 11일 오전 검찰청사에서 대규모 시위를 벌이겠다고 밝혔다.

이날 참석자들은 또 인기를 돈으로 사고 파는 가요계 주변의 비리로 인해 대중가요의 질이 떨어지고 저질가요들이 국민의 정서를 해치게 된 것을 자성하자고 입을 모았다.

김광진 가수분과위원장은 기념사에서 "오늘날 가수에 대한 사회적 인식이 좋지 않게 된 것은 가수들 자신이 지나친 경쟁의식에 사로잡혀 사회적 비리와 부조리에 동조·가세하고 있기 때문"이라고 지적, 가수들 자신이 가요계 주변의 부조리 근절에 앞장설 것을 호소했다.

가요계 주변 부조리에 대해서는 당사자들이 피해를 우려해 구체적인 내용을 밝히기를 꺼리고 있지만 이날 참석한 대부분의 가수들은 방송계 일부 가요프로 담당자들의 금품 요구 및 방송프로의 대중가요 인기순위 조작 사례를 지적했다.

가수 현미씨는 "60·70년대에는 가수가 방송 연예담당자들에게 금품을 주는 사례가 거의 없었는데 요즘은 금품거래 단위가 믿을 수 없을 만큼 커지고 있다는 얘기를 들었다"면서 후배가수들의 자성을 당부했다.

가수 현숙씨도 "요즘 노래 한두 곡으로 반짝 인기를 얻었다 사라지는 대부분의 가수들은 돈으로 인기를 사는 경우"라며 가수들의 실력대결을 촉구했다.

또 이름을 밝히지 말아 달라고 부탁한 한 가수는 최근 어느 방송국의 가요프로 담당자로부터 8개 가요프로에 각각 30만원씩 모두 2백40만원을 가져오도록 요구받았다고 밝히고 신인가수가 텔리비전 가요프로에 나오려면 1백만원, 인기가수가 되기 위해서는 전국 방송망에 1억원은 뿌려야 한다고 폭로했다.

또 한 참석자는 최근 방송 가요프로 인기순위의 부당성을 보여주는 예로 방송, 레코드 판매회사, 디스크 자키연합회가 각각 작성한 자료를 제시하며 레코드 판매량과 디스크자키들이 다방·카페 등에서의 신청곡을 집계한 인기순위가 거의 일치하는 반면 방송 가요프로의 인기순위가 이와 동떨어지는 사실을 지적했다.

제23회 가수의 날 기념식에서 가수들이 가요계 주변 폭력과 부조리 척결을 외치고 있다. 현미·김상희·김부자·이태원·장덕·현숙·김흥국씨 등의 낯익은 얼굴들이 보인다. 〈곽윤섭 기자〉

한편 이날 '가수가 뽑은 프러듀서상'을 받은 조의진(한국방송공사 예능국 차장)씨는 "일부 가요담당 프러듀서들의 부조리 사례 때문에 방송가요 담당자 모두가 욕을 먹고 있다"며 방송노조와 프러듀서연합회 등의 활동으로 부조리 사례가 점차 줄어들고 있다고 말하기도 했다.

〈최성민 기자〉

호한 대책을 촉구하고 나섰다.[70] 이를 계기로 많이 호전되었으나, 그 뒤로도 조직 폭력배의 연예인 폭행, 협박 관련 사고는 끊이지 않고 이어졌다.

가왕의 탄생,
트로트의 부활

남진이 미국행과 권력의 외압으로 제대로 활동하지 못한 1980년대는 바야흐로 '조용필의 시대'였다. 그는 1976년 '돌아와요 부산항에'가 히트하면서 일약 스타에 올랐으나, 대마초 파동에 연루되어 한동안 활동을 할 수 없었다. 하지만 공백기에도 음악 공부에 매진했고, 마침내 활동 제한이 풀린 1979년 말 '창밖의 여자'를 시작으로 '단발머리', '촛불', '한오백년' 등을 잇달아 히트시키면서 이름 그대로 '가왕'의 자리에 올랐다. 이듬해 방송국 연말 가요대상은 가왕 조용필의 등극을 확인해주는 대관식이나 마찬가지였다. TBC 방송가요대상에서 최우수남자가수상, 최고인기가수상, 주제가작곡상을 휩쓸었고, MBC 10대 가수 가요제에서 최고인기가수상(가수왕), 최고인기가요상, 작곡상을 차지하며 3관왕에 올랐다.

이후에도 가왕의 히트곡 행진은 이어졌다. '고추잠자리' '미워 미워 미워' '일편단심 민들레야'가 수록된 3집(1981)에서부터 '못찾겠다 꾀꼬리'(4집 · 1982), '친구여'(5집 · 1983), '눈물의 파티'(6집 · 1984), '여행을 떠나요'(7집 · 1985), '허공' '킬리만자로의 표범' '그 겨울의 찻집' '바람이 전하는 말'(8집 · 1985), '그대 발길 머무는 곳에'(9집 · 1987)까지 히트곡이 줄을 이었다. 그런데 여기가 끝이 아니었다. 서울 올림픽이 열리던 1988년에 발표한 10집에는 '서울 서울 서울' '모나리자'가 실렸고, 이듬해 나온 11집에는 'Q'가 담겼다. 그야말로 '메가 히트곡의 향연'이라 불러도 손색이 없는 라인업이었다.

1980년대는 슈퍼스타 조용필의 우산 아래 다양한 장르가 꽃피운 시기이기도 하다. 이문세와 변진섭의 발라드가 일가를 이루었고, 전영록과 김완선, 박남정에서 소방차로 이어지는 댄스 가수 계보가 형성되었다. 심수봉과 이선희, 이상은 등 대학가요제와 강변가요제 출신들이 인기 가수 대열에 합류했고, 송골매를 필두로 마그마, 건아들, 이치현과 벗님들, 다섯손가락, 부활, 시나위 같은 밴드들도 고정 팬들을 확보했다. 거기에 들국화와 김현식으로 상징되는 언더그라운드 음악이 형성되기도 했다.

대중음악이 만개하면서 한동안 부진을 면치 못했던 트로트 또한 성인가요라는 이름으로 부활했다. 1982년 초, 해방 이후 37년 동안이나 지속되었던 야간 통행금지가 해제되면서 이른바 '밤 문화'가 형성된 것이 계기였다. 밤 문화를 이끈 것은 카바레와 나이트클럽 등 유흥업소들이었고, 여기서 주로 소비된 음악이 트로트였다. 특히 '트로트 메들리'가 유행했는데, 무명의 주현미가 참여해 대박을 터뜨린 음반 〈쌍쌍파티〉가 대표적이다.[71] 이 시기에는 주현미를 시작으로 여성 트로트 가수들의 활약이 두드러졌다. 김연자, 김지애, 김수희, 심수봉, 문희옥 등이 1980년대를 화려하게 수놓았다.

라이벌 남진이 사라진 동안 나훈아도 약진을 거듭했다. 그는 1976년 김지미와 결혼하면서 한동안 공백기를 가지다가 1981년 컴백했다. 조용필의 아성에 가려 예전 같은 인기를 누리진 못했으나 '울긴 왜 울어'(1982), '잡초'(1982), '사랑'(1983), '18세 순이'(1983), '영동 부르스'(1984), '청춘을 돌려다오'(1984) 등을 연달아 히트시키면서 최고의 남성 트로트 가수 자리를 굳혔다. 이후에도 '무시로'(1988), '갈무리'(1988), '영영'(1990)에 이르는 메가 히트곡을 발표해 트로트의 부활을 이끌었다. 이런 히트곡 대부분을 그가 직접 만들었다는 점도 눈여겨볼 만하다.

'빈잔'

1982년 미국에서 돌아온 남진이 야심차게 발표한 곡이다. 당대 최고의 작곡가인 박시춘과 1976년 '아내에게 바치는 노래'를 발표하면서 일약 최고의 작사가로 떠오른 조운파가 함께 만들었다.

"그대의 싸늘한 눈가에 고이는 이슬이 아름다워" "어차피 인생은 빈 술잔 들고 취하는 것" 등 시적인 가사에 빼어난 멜로디, 남진의 매력적인 목소리까지 더해져 대중들의 관심을 끌었으나, 발표 직후 남진이 방송 출연 금지를 당하면서 묻혀버리는 듯했다. 하지만 노래가 가진 힘 덕분에 조금씩 입소문을 타고 인기를 얻기 시작해, 10년쯤 뒤에 대중들이 다시 음반을 찾는 '역주행'이 일어났다. 남진의 히트곡 중에서 유일하게 방송을 타지 않고 인기를 끈 노래이며, 후배 가수들에 의해 지속적으로 리메이크되면서 남진의 대표곡 중 하나가 되었다.

작사가 조운파는 이후에도 태진아의 '옥경이', 주병선이 부른 '칠갑

by 남진

산' 등 수백 곡의 인기 가요 가사를 썼다. 2016년 조운파의 작사가 데뷔 40주년을 기념하는 공연 발표회에 참석한 남진은 "삼십 대에 불렀던 '빈잔'이 칠십 대가 되어서야 대표곡이 될 줄은 정말 몰랐다. 이렇게 좋은 곡을 써 주신 조운파 선생님께 정말 감사드린다"고 소감을 밝혔다.

13

둥지

'남진 오빠'의 화려한 부활

1987년, 대한민국은 민주주의를 향해 큰 걸음을 내디뎠고 우리 대중음악 또한 새 시대를 맞이했다. 변화의 물꼬를 튼 것은 같은 해 8월 18일 이루어진 금지곡 해금 조치였다. 일제강점기에 시작해 군사 독재를 거치면서 이어져 온 금지곡들이 족쇄를 벗게 된 것이다. 이어 가요사전심의제가 1996년 헌법재판소에서 위헌 결정을 받아 폐지되었고, 2000년에 방송심의도 방송사 자체 심의로 전환되었다.[72] 민주화와 함께 자유롭게 음악을 할 수 있는 시대가 열린 것이다.

남진도 활동을 재개했다. 1992년에는 작곡가 길옥윤과 손잡고 '사랑은 어디에'를 발표했고, 이듬해에는 오랫동안 함께한 박춘석의 '내 영혼의 히로인'을 불렀다. 하지만 컴백은 쉽지 않았다. 많은 팬들이 새로운 노래를 사랑해주었지만, 예전만큼은 아니었다. 그가 떠나있던 10년 동안 정치뿐 아니라 가요계도 '뽕나무 밭이 바다가 되는' 변화를 겪었던 탓이다. 자칫 왕년의 인기 가수로 주저앉을 수도 있었지만, 남진은 포기하지 않았다. 끊임없이 노력하고 시도하는 그에게 이번에도 인연과 행운이 찾아왔다.

거장과의 만남과 이별 '사랑은 어디에'

남진이 오랜 시간 떠나있던 가요계로 돌아온 것은 1991년 한국연예인협회 가수분과위원회 위원장을 맡으면서였다. 전임 위원장이던 가수 김광진의 부탁이 있었고, 민주화 사회에서 가수들도 제 목소리를 내야 한다는 생각도 작용했다. 이듬해 작곡가 길옥윤의 곡에 남진이 직접 가사를 쓴 '사랑은 어디에'를 발표하면서 본격적인 컴백을 알렸다.

"길옥윤 선생님 곡을 받은 건 그때가 처음이었습니다. 일본에서 길 선생님을 만나 곡을 부탁드린 후 꽤 오래 기다렸죠. 길옥윤 선생님이야, 박춘석 선생님에 버금가는 훌륭한 작곡가 아닙니까. 10년 만에 컴백하면서 팬들에게 새로운 모습을 보여드리고 싶은 마음이 컸어요. 그래서 오래 기다린 끝에 길 선생님 작품을 노래하게 되었습니다."

박춘석, 이봉조 등과 함께 저마다의 악단을 이끌며 대한민국 재즈 1세대를 이룬 길옥윤은 타고난 색소폰 연주자이자 작곡가였다. 1927년 평안북도 영변에서 태어난 길옥윤은 해방 후 경성치과전문학교(서울대학교 치과대학의 전신)에 입학하면서 재즈에 빠져들었다고 한다. 결국 전공보다 음악에 몰두해 대학 시절 미8군 쇼에서 연주를 시작했고, 군예대에 다녀온 후 음대로 편입하고자 했으나 부친의 반대에 부딪혀 일본으로 밀항, 음악 활동을 하며 NHK 무대에 설 정도로 실력을 인정받았다. 10여 년 뒤 귀국해 재즈 연주자이자 작곡가로 국내 활동을 시작한 길옥윤은 박춘석, 이봉조와 함께 '가요계의 삼정승'이라 불리며 1960년대 대한민국 가요계를 이끌었다.

1962년 현미의 '내 사랑아'를 시작으로 패티김의 '사월이 가면' '서울의 노래', 최희준의 '빛과 그림자' 등이 잇달아 히트하면서 정상급 작곡가로 자리를 굳힌 길옥윤은 '당신은 모르실거야'로 신인 가수 혜은이를 스타덤에 올렸고, 이듬해에는 '당신만을 사랑해'로 서울국제가요제에서 그랑프리를 차지하게 만들었다. 음악 작업뿐 아니라 패티김과의 결혼으로도 사람들의 관심을 끌었다. 당시 국무총리였던 김종필이 주례를 본 결혼식에서 길옥윤·패티김 부부는 결혼 기념 음반을 답례품으로 준비했다고 한다. 이후 부부는 '사랑하는 당신이', '구월의 노래', '사랑이란 두 글자', '그대 없이는 못 살아' 등 히트곡을 연달아 발표했으나 6년 만에 이혼하고 말았다.[73]

자타가 공인하는 최고의 작곡가였지만 남진에게 곡을 준 건 1992

년이 처음이었다. 길옥윤의 곡을 받은 남진은 직접 가사를 썼다. "아무도 모르게 살아온 지난날/ 후회도 미련도 없네/ 지나온 날들 뒤돌아보니/ 머나먼 고향 같구나"로 시작하는 가사는 '남의 나라에 있는 쓸쓸함'을 담았다고 한다.

빅 밴드의 반주에 스탠더드 팝 스타일의 노래는 아쉽게도 큰 인기를 끌지는 못했다. 하지만 그로부터 2년 뒤, 남진은 SBS TV의 〈특집 생방송 길옥윤 이별 콘서트〉에 나와 다시 이 노래를 불렀다. 당시 골수암 투병 중이었던 길옥윤을 위한 무대였다. 남진은 이 자리에서 쾌유를 빌며 '사랑은 어디에'를 열창했지만, 안타깝게도 길옥윤은 이듬해 세상을 뜨고 말았다.

이후 남진의 대표곡 목록에서 빠져 있던 이 노래는 2020년 방영된 〈미스터트롯〉에서 김희재가 리메이크하면서 다시 대중의 사랑을 받게 되었다.

'내 영혼의 히로인' 박춘석과 재회하다

'사랑은 어디에'를 발표한 이듬해, 남진은 다시 한번 신곡을 들고 팬들을 찾았다. 이번에는 남진을 톱스타로 만들어준 '가슴 아프게'를 작곡한 박춘석의 곡이었다. 가사는 그 무렵 박상배의 '몇 미터 앞에 두고', 문희옥의 '성은 김이요' 등으로 한창 주가를 올리고 있던 작사가 조동산이 맡았다. 이 노래는 '가슴 아프게'와 마찬가지로 전형적인 단조 트로트의 애절한 선율에 가슴 아픈 사랑 이야기를 담았다. 10년 만에 남진, 박춘석 콤비가 재결합한다는 소식에 언론과 대중들도 관심을 보였다. 1994년 1월 5일 자 〈동아일보〉에는 '남진 10년 만에 활동 재개'라는 기사가 실렸다.

"60년대 '가슴 아프게'를 히트시켰던 가수 남진, 작곡가 박춘석 콤비가 한동안의 공백을 깨고 재결합했다. 연예협회 가수분과위원장이기도 한 남진은 10년 만에 박춘석 작곡 조동산 작사의 '내 영혼의 히로인'을 발표, 본격적인 가수 활동 재개를 선언하고 나섰다. 남진은 80년대 중반 '빈잔'을 내놓은 이후 박 씨와 일정한 거리를 두고 있다가 이번에 다시 손을 잡았는데, 그의 신보에는 오래전 이별의 상처를 다시 떠올리는 내용의 '내 영혼의 히로인' 외에 남성의 울적한 심기를 노래한 '남자는 괴로워'(박시춘 작사 · 작곡)도 실려 있다."

기대를 모은 만큼 팬들의 반응도 좋았다. 애절한 선율에 슬픈 사랑 노래여서 그런지 여성 팬들이 더 좋아했다. 하지만 여전히 예전의 반응에 비할 바는 아니었다. 10년의 공백기를 뛰어넘기란 만만찮은 일인 듯했다. 거기다 '내 영혼의 히로인'을 발표한 다음 해에는 안 좋은 일까지 생겼다. 작곡가 박춘석이 밤새워 작곡에 몰두하다 뇌졸중으로 쓰러진 것이다. 작곡에 더해 한국음악저작권협회장 등으로 활동하면서 스트레스를 많이 받은 탓인 듯했다. 결국 작곡가로 다시 일하지 못한 채 16년간의 투병 끝에 2010년 숨을 거두었다.

"'내 영혼의 히로인'은 박춘석 선생님과 마지막으로 함께한 작품이 되었습니다. 그래서 나한테는 참 마음 아픈 곡이기도 해요. 박 선생님은 오늘의 나를 있게 해준 은인이며, 항상 스승이자 큰형님처럼 따랐던 분이거든요. 별명이 '오야붕'이었는데, 정말 대장처럼 카리스마가 대단했죠. 하지만 가까워지자 친형처럼 친근하게 대해 주셨어요. 물론 연습하다가 틀리면 여전히 꿀밤을 때리기도 하셨지만요(웃음)."

1955년 작곡가로 데뷔한 후 뇌졸중으로 쓰러지기 전까지 약 40년

동안 박춘석은 무려 2,700여 곡을 작곡했다. 지금까지 한국 대중음악사에서 전무후무한 기록이다. 현재까지 한국음악저작권협회에 정식 등록된 곡만 1,152곡으로, 이 또한 개인 최다 기록이라고 한다. 이러한 공로를 인정받아 제1회 대한민국 연예예술상, 옥관문화훈장 등을 수상하기도 했다.[74]

박춘석의 죽음과 함께 '내 영혼의 히로인'의 인기도 한풀 꺾이는 듯했다. 남진은 이곳저곳 찾아다니며 열심히 노래했지만, 박시춘도 길옥윤도 없는 상황에서 새로운 앨범 작업은 힘든 일이었다. 그렇게 몇 년이 흘렀다. 남진 앞에는 예상치 못한 새로운 인연이 기다리고 있었다.

또 한 번의 인연과 행운 '둥지'

시작은 새 앨범이었다. 1999년 남진의 데뷔 35주년을 기념하는 앨범을 발매하기로 했다. '내 영혼의 히로인' 이후 6년 만에 발표하는 앨범이라 여간 신경이 쓰이는 게 아니었다. 무려 3년에 걸쳐 곡을 받고 녹음했다. 그렇게 녹음까지 마친 어느 날, 지방 공연을 마치고 돌아오니 사무실 직원이 누군가 데모 테이프를 놓고 갔다고 했다. 원래는 남진을 만나 직접 전해주려고 했는데, 안 계신다고 했더니 테이프만 놓고 갔단다. 벌써 일주일 전의 일이라고 했다.

"별생각 없이 그러냐 하고 말았는데, 직원이 데모 테이프를 틀더라고요. 아마 음악이 마음에 들었으니 그랬겠죠. 처음엔 건성으로 들었어요. 이미 새 앨범 녹음까지 마쳤으니 굳이 새 노래를 찾을 필요가 없었거든요. 근데 리듬과 멜로디가 귀에 팍 꽂히는 거예요."

직원에게 처음부터 다시 틀어보라고 했다. 이번에는 자세를 바로 하고 제대로 들었다. 듣다 보니 저절로 손뼉이 딱 쳐졌다. 바로 이 노래였다. 지금까지 그토록 찾아다녔던 곡이었다. 테이프와 함께 놓고 간 명함을 보니 '차태일'이라고 씌어 있었다. 처음 들어보는 이름이었다. 바로 전화를 걸었다. "어떻게 이런 곡을 쓰게 되었느냐"고 물으니 "남진 선생님 드리려고 몇 년 전부터 준비한 곡"이라는 대답이 돌아왔다.

녹음까지 다 마치고 앨범을 찍기만 하면 되는 상황이었지만, 당장 전화를 걸어 모든 작업을 중단시켰다. 그러고는 편곡자를 불러 바로 녹음실을 예약하자고 했다. 녹음실 예약이 꽉 차 있어서 어렵다는 답이 왔는데, 마침 친한 후배 가수 배일호가 녹음실을 쓰고 있었다. "딱 한 곡만 녹음하면 된다"고 사정사정해서 녹음을 마칠 수 있었다.

"그게 바로 '둥지'였어요. 지금 생각해봐도 인연도 그런 인연이 없어요. 테이프가 내 손에 조금만 늦게 들어왔어도 앨범에 넣지 못했을 거예요. 아무리 노래가 좋아도 이미 만들어 놓은 앨범 수천 장을 폐기 처분할 순 없으니까요. 녹음을 마친 곡 중 하나를 빼고 '둥지'를 타이틀곡으로 밀었죠."

그런데 확신에 차서 밀었던 타이틀곡의 반응이 영 썰렁했다. 트로트와 팝, 로큰롤에 랩 스타일까지 가미한 새로운 형식이 팬들에게 생소하게 느껴진 모양이었다.

"한 6개월쯤 지났으려나. MBC 라디오 방송국에 갔는데, 친한 피디가 나를 잡아요. '아유 형님, 이거 아무래도 안 되겠습니다. 몇 번을 틀어도 반응이 없으니, 타이틀곡을 바꾸시는 게 어떨까요?' 하는 거예요. 그러면서 노래도 앨범 속 다른 걸로 하나 찍어줬어요. 자기 딴에는 나를 생각해서 하는 말이니 고맙긴 한데, 정말 고민되더라고요. 난 '둥지'가 정말 좋았거든요. 한참을 고민하다가 '이거 정말 좋은 노래다. 조금 더 도와주면 틀림없이 뜰 거다' 하고 말했죠. 내가 그렇게 강하게 말하니까 피디도 고개를 몇 번 갸웃하면서 조금 더 틀어보겠다고 하더군요."

혼신으로 노래하고 홍보한 지 1년쯤 지날 무렵, 드디어 반응이 오기 시작했다. 그런데 신기하게도 원래 팬층보다 젊은 친구들이 더 좋아했다. 노래방에서 '둥지'를 부르며 함께 어울려 춤을 춘다는 이야기를 들었을 때 특히 기뻤다. 나중에는 초등학생, 중학생도 남진을 보고 "야, 둥지 아저씨다!" 하고 아는 체를 했다. 이렇게 새 노래가 남녀노소 모두에게 인기를 끈 건 전성기 이후 처음이었다. '남진 오빠'의 화려한 부활이었다. 바야흐로 가수 남진의 '제2의 전성기'가 시작된 것이다.

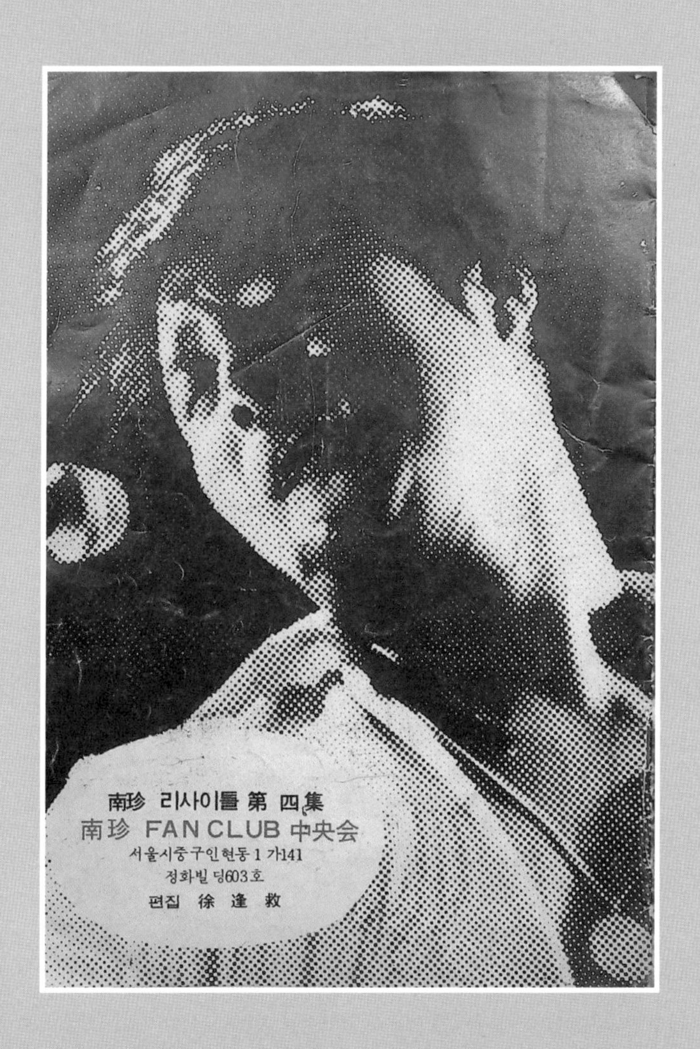
南珍 리사이틀 第 四集
南珍 FAN CLUB 中央会
서울시중구인현동 1 가141
정화빌딩603호
편집 徐 逢 救

아이돌과 함께 '트로트 4대 천왕'이 뜨다

1980년대가 조용필과 함께 시작되었다면, 1990년대의 문은 서태지와 아이들이 열었다고 할 수 있다. 물론 둘의 차이도 명확하다. 조용필이 남녀노소를 아우르는 '가왕'이었던 데 반해, 서태지와 아이들은 10대들의 '문화 대통령'이었다. 기성세대들은 도무지 이들의 음악을 이해할 수도, 즐길 수도 없었다. 그런 탓에 초창기 이들과 함께 출연했던 기성세대 가수와 가요 평론가들은 부정적인 반응을 보이기도 했다.

하지만 10대들의 반응은 완전히 달랐다. 그들은 기다렸다는 듯이 서태지와 아이들의 음악과 춤에 빠져들었다. 그들의 패션과 라이프스타일도 모방의 대상이 되었다. 새로운 음악과 새로운 팬의 만남은 기존의 대중음악 판도를 완전히 뒤집어 놓기에 충분했다. 마치 1950

년대 엘비스 프레슬리의 로큰롤이 그랬던 것처럼.

서태지와 아이들에 열광한 10대들은 '신세대' 혹은 'X세대'라고 불렸다. 이들은 민주화와 함께 이루어진 '단군 이래 최대 호황' 속에서 자란 세대였다. 이들이 강력한 문화 소비의 주체로 등장하면서 한국 대중음악은 완전히 새로운 흐름을 갖게 되었다. 무엇보다 대중음악의 장르가 다양해졌다. 이전에는 들어보지 못한 랩과 힙합, 테크노 등 영미권의 최신 유행 음악들이 국내에 소개되었다. 랩과 힙합은 서태지와 아이들을 필두로 룰라, 듀스, 드렁큰 타이거, 업다운, 조피디 등이 뒤를 이었고 공일오비, 넥스트, 노이즈 등이 테크노라는 새로운 장르를 국내에 도입했다. 3인조 남성그룹 솔리드가 '이 밤의 끝을 잡고'로 당시 가요계에 생소했던 R&B 장르를 소개한 것도 1995년이었다.[75]

서태지와 아이들의 뒤를 이은 아이돌은 H.O.T.였다. 곧이어 젝스키스, 신화, S.E.S., 핑클, god 등 '아이돌 1세대'가 쏟아져 나왔다. 이들을 키워낸 SM엔터테인먼트와 대성기획(지금의 DSP엔터테인먼트) 등은 '연예 기획사 시대'를 열었다. 이제 아이돌은 한국 대중음악의 주류이자 가장 큰 엔터테인먼트 산업이 되었다. 이후 아이돌은 2세대, 3세대로 이어지면서 전 세계 한류 열풍을 이끌게 된다.

아이돌로 대표되는 주류 시장이 굳건히 자리를 잡는 가운데 '인디 음악'이라는 비주류 시장도 생겨났다. 마치 조용필이 가왕으로 등극한 1980년대에 언더그라운드 음악이 등장한 것처럼. 1990년대 인디 음악을 이끈 것은 '홍대 앞 인디 신'이었다. 클럽 드럭을 중심으로 펑크 밴드 크라잉넛, 노브레인, 허클베리핀, 레이니썬, 자우림, 언니네 이발관 등 다양한 장르의 음악이 인디란 이름으로 또 하나의 흐름을 이루었다. 이들 중 일부는 주류로 부상해 대중적인 성공을 거두기도 했다.

이전과 확실히 달라진 90년대 대중음악의 흐름은 트로트에서도 나타났다. 이전까지 한과 눈물, 가슴 아픈 사랑이 주류였던 '한의 트로트'에서 흥겨운 리듬에 댄스까지 곁들이는 '흥의 트로트'로 무게 중심이 옮겨간 것이다.

남진의 '내 영혼의 히로인'이 전자였다면, '둥지'는 후자였다. '남진 오빠'의 화려한 부활은 90년대 트로트의 변화와 맞물려 있는 셈이다.

남진이 아직 부활하지 못한 상황에서 90년대 트로트를 이끈 것은 현철, 송대관, 태진아, 설운도 등 '트로트 4인방'이었다. 오래전부터 독자적인 커리어를 쌓아온 이들은 이 시기에 확실한 존재감을 드러내면서 '트로트 4대 천황'으로 불리기 시작했다. 이들의 대표곡들도 대부분 흥의 트로트였다. 현철의 출세 곡인 '사랑은 얄미운 나비인가봐', 송대관의 '차표 한 장', 태진아의 '미안 미안해', 설운도의 '사랑의 트위스트' 등이 대표적이다. 이 중 설운도는 남진과 특별한 인연이 있다.

"예전에 부산 업소에 공연간 적이 있어요. 거기서 까무잡잡하고 어린 무명 가수를 봤어요. 우연히 그 친구 노래를 들었는데, 꽤 괜찮더라고. 그래서 그 친구한테 얘기해줬죠. '너 참 노래 잘하더라. 진짜 가능성이 보여. 조금만 더 다듬으면 틀림없이 성공할 거야' 하고요.

나중에 알고 보니 설운도였더라고요."

설운도는 이때 기억으로 무명 시절을 버틸 수 있었다고 한다. 그래서 남진을 은인이자 선배로 깍듯이 모시고 있다. 본인 역시 어느 무대에서나 가능성 있는 신인을 만나면 칭찬과 격려를 아끼지 않는다고 한다. 남진은 지금도 후배 칭찬을 잘하기로 유명하다. 트로트 경연 프로그램에서 심사할 때도 단점보다 장점을 더 많이 부각해 이야기한다. 노래 말고 다른 것으로도 트로트 발전에 기여하고 있는 셈이다.

'둥지'

'원조 오빠' 남진의 화려한 부활을 이끈 곡. 트로트를 기반으로 팝과 재즈, 랩 스타일까지 가미해 이전의 트로트와는 전혀 다른 분위기를 풍긴다. 그런 탓에 처음 한동안은 대중들의 관심을 받지 못하다가, 발표 후 1년이 넘어서야 인기에 불이 붙는 특이한 현상을 보였다. 덕분에 남진은 남녀노소에게 인기 있는 제2의 전성기를 맞이했고, 무명 작곡가였던 차태일은 가요계에 이름을 알리게 되었다. 이후 차태일은 남진뿐 아니라 송대관, 강진, 유지나 등의 곡을 만들면서 히트곡 메이커로 우뚝 섰으며 대한민국 연예예술대상을 받기도 했다.

'둥지'의 가사를 쓴 김동찬은 트로트계를 대표하는 작사가 중 한 명이다. 1969년 데뷔한 이래 현철의 '봉숭아 연정'과 '사랑의 이름표', 송대관의 '네 박자', 배일호의 '신토불이' 등 전 국민의 사랑을 받은 히트곡들이 그의 손에서 나왔다. 2002년에 농림부장관표창, 2007

by 남진

년에 한국전통가요 작사부문 대상을 받았다.

남진의 대표곡 가운데 하나로 손꼽히는 '둥지'는 김수찬, 장민호, 이찬원, 영탁 등 트로트계의 후배들에 의해 끊임없이 리메이크되고 있다.

14

나야 나

제2의 전성기와 트로트 열풍 부활

광주 콘서트
남진
2022

'둥지'와 함께 시작한 제2의 전성기는 시간이 지날수록 그 열기를 더해갔다. 남진은 예전처럼 방송과 콘서트장을 종횡무진 누비며 노래를 부르고 팬들을 만났다. 3년 만인 2002년에는 또 다른 신곡 '모르리'를 발표했고, 이듬해 영화에도 출연했다. 2004년에는 데뷔 40주년을 맞아 '폭풍'이란 타이틀로 전국 투어 콘서트를 갖기도 했다. 70년대 말 이후 25년 만에 갖는 대형 콘서트였다.

바쁜 와중에도 동료 가수들을 위한 활동에 적극 나섰다. 한국연예인협회 가수분과위원회 위원장에 이어 2006년에는 대한가수협회를 결성해 초대 회장을 맡았다. 활동이 늘어나니 상복도 잇따랐다. 2014년 대한민국 전통가요대상을 시작으로 2017년 대중문화예술상 은관문화훈장, 2020년엔 제1회 트롯어워즈 트롯100년 가왕상을 받았다. 꾸준히 신곡을 발표하며 활동을 이어가던 중 TV 예능 프로그램 〈미스트롯〉, 〈미스터트롯〉을 시작으로 트로트 열풍이 불자 남진은 각종 경연 무대에 심사위원이자 멘토 그리고 '전설의 가수'로 출연하면서 더욱 바쁜 시간을 보내게 되었다.

27년 만의 영화 출연,
25년 만의 대형 콘서트

3년 만에 발표한 신곡 '모르리'는 '빈잔'의 가사를 쓴 조운파와 작곡가 임종수가 만든 작품이다. 임종수는 나훈아의 '고향역'을 시작으로 하수영의 '아내에서 바치는 노래', 태진아의 '옥경이' 등 히트곡을 만든 작곡가였는데, 남진에게 곡을 준 건 이번이 처음이었다. 발라드 느낌이 강한 트로트 곡 '모르리'는 '둥지'만큼은 아니지만 팬들의 반응이 괜찮았다. 남진의 인기는 이어졌고, 27년 만에 영화 출연도 하게 되었다. 예지원 주연의 코미디 영화 <대한민국 헌법 1조>에서 욕쟁이 신부 역할이었다.

"내가 지금까지 60편이 넘는 영화에 출연했지만, 조연은 그 영화가 처음일걸요? 예전에 찍은 영화에선 언제나 잘생긴 남자 주인공 역할을 맡았으니까요. 목소리도 입만 뻥긋거리고, 전문 성우가 더빙

했고요. 하지만 이번엔 전라도 사투리를 쓰는 욕쟁이 신부님 역할이었죠. 시나리오를 보니 정말 재미있습니다. 코믹한 신부님 역할도 마음에 들었고요."

영화는 한 지방 도시에 사는 성매매 여성이 국회의원 보궐 선거에 출마하면서 벌어지는 좌충우돌 사건을 다룬 정치 풍자 코미디다. 1980년대 후반 이탈리아 국회의원으로 당선된 포르노 배우 치치올리나를 모티브로 제작되었지만, 우리나라 상황에 맞는 다양한 인물들이 등장해 재미를 더했다. 남진이 맡은 신부는 가난하고 소외된 이웃을 위해 거리에서 사목 활동을 펼치다, 성매매 여성들의 인권보호를 위해 국회의원에 출마한 주인공을 돕는 역할이었다.

남진의 전방위적인 활동은 2004년 '데뷔 40주년 맞이 전국 순회 콘서트'로 이어졌다. 1970년대 리사이틀 이후 사반세기 만에 열린 대형 콘서트였다. 그동안 디너쇼 등 작은 무대에는 꾸준히 섰지만 서울 올림픽공원 올림픽홀 같은 큰 무대에, 그것도 서울과 수원, 인천, 광주, 부산에서 제주까지 전국을 돌면서 콘서트를 여는 것은 정말 오랜만이었다.

공연은 크게 3부로 나뉘어 진행되었다. 1부는 데뷔 시절과 1970년대 발표곡들로 꾸몄고, 2부는 다양한 특수 효과를 이용해 환상적인 무대를, 마지막 3부는 파격적 의상과 액션으로 새로운 무대를 연출했다. '폭풍'이란 공연 타이틀처럼 모든 것을 쏟아냈다. 공연장 로비에는 '남진 추억의 40년' 사진전을 마련했고, 본격적인 공연 시작 전에는 데뷔부터 현재까지 활동 모습을 감상할 수 있도록 영상 아트를

준비했다. 이렇게 재개된 대형 공연은 해마다 진화를 거듭하며 지금까지 이어오고 있다.

공연과 더불어 꾸준히 신곡도 발표했다. 2005년에는 '둥지'의 김동찬, 차태일 콤비와 다시 한번 손을 잡고 '저리가'를 비롯한 6곡의 신곡을 담은 데뷔 51주년 기념 앨범을 냈다. '저리가'는 '둥지'와 사뭇 다른 분위기의 슬로 템포 트로트다. 발표 이후 20년 가까이 흐른 지금도 각종 트로트 경연 프로에서 후배들이 리메이크하는 인기곡으로 자리잡았다.

2008년에는 신나는 댄스 리듬의 트로트 '나야 나'를 발표하면서 히트곡 퍼레이드를 이어갔다. 이번에는 작곡가 차태일과 함께 시대를 풍미한 작사가 양인자가 참여했다. 양인자는 조용필의 '서울 서울 서울' '그 겨울의 찻집' '킬리만자로의 표범', 김국환의 '타타타', 임주리의 '립스틱 짙게 바르고' 등 무려 3,000여 곡의 노랫말을 지은 전설적인 작사가였다. 그녀는 '나야 나'에서 녹록지 않은 세상을 열심히 살아가는 이들에게 용기를 주는 노랫말을 담았다. 흥겨운 리듬에 힘이 나는 노래인 '나야 나'는 이전 곡들보다 더 인기를 끌었다. 데뷔 40년을 넘긴 가수가 꾸준히 신곡을 발표하며 대중의 사랑을 받는다는 건 정말 대단한 일이 아닐 수 없다.

가수의, 가수에 의한, 가수를 위한 협회를 만들다

남진은 음악 활동과 더불어 본격적인 컴백 이전부터 맡았던 한국연예협회 가수분과위원회 위원장 일도 봉사하는 마음으로 열심히 했다. 하지만 가수분과위원회에서는 생각처럼 원활한 활동이 어려웠다. 한국연예협회라는 상위 기관이 있었기 때문이다.

"2000년에는 한국연예협회 이사장 자리에 올랐습니다. 아무래도 상급 단체의 수장이 되면 가수들을 위해 더 많은 일을 할 수 있을 것 같았어요. 당시 한국연예협회는 해마다 여의도 KBS홀에서 연예인들에게 상을 주었는데, 여기에 대통령 표창까지 있었으니 나름 힘 있는 단체였습니다. 그런데도 한계는 여전했어요. 진짜 가수들이 원하는 걸 이루기 위해 목소리를 내면 정부의 통제가 들어왔죠. 연예협회가 정부 산하 기관이었기 때문에 정부 뜻에 따라 움직일 수밖에 없었던 거예요."

원래 가수들은 대한가수협회라는 독립 조직을 만들어서 활동하고 있었다. 1957년 설립한 대한가수협회의 초대 회장은 백년설, 2대 회장은 현인이었다. 하지만 5 · 16쿠데타로 집권한 군사 정부는 대한가수협회를 비롯한 기존의 연예예술단체를 모두 해산하고 하나의 단체를 만든 후 그 산하에 들어오도록 했다. 정부가 연예예술인들을 관리하고 통제하기 위해서였다. 그 결과 사단법인 한국연예협회가 만들어지고 그 아래 창작자(작사, 작곡가 등)와 가수, 무용수, 연주가, 배우 등 산하 단체를 두었다. 한국연예협회는 그 목적을 "연예 문화의 발전과 향상, 회원 간의 친선과 단결, 권익옹호"로 천명하였으나, 태생부터 정부의 통제를 벗어나지 못하는 한계를 가질 수밖에 없었다.

"한국연예협회의 잘잘못을 떠나 장르가 다른 대중 예술인들을 하나의 협회로 묶어 놓는다는 자체가 구시대적 발상이고 시대에 역행하는 것이었어요. 실제로 2000년대 초반이 되면 가수분과를 제외한 나머지 분과들은 연예협회를 떠나 독립 단체를 설립했어요. 오히려 가수분과는 협회의 중심 역할을 하고 있었기에 독립이 늦어졌던 거죠. 가수들이 배우나 연주가 같은 다른 분야에 비해 공동 작업을 하거나 교류할 기회가 적다 보니 독립 단체를 만드는 데 걸림돌이 되었어요. 하지만 IT 기술이 발전하면서 음악 시장이 완전히 바뀌다 보니 가수 단체의 필요성이 더욱 커졌죠. 결국 연예협회 이사장이었던 제가 총대를 메고 동료 가수들과 함께 가수협회를 만든 겁니다."

마침내 2006년 5월 1일 서울 여의도 국회 헌정기념관에서 대한가수협회의 재창립을 선포하는 총회가 열렸다. 가수 유열이 사회를 보았고 금사향, 이갑돈, 명국환 등 1950년대 대한가수협회에서 활동했던 원로 가수부터 이현우, 김종서, 클론, DJ.DOC 등 신세대 가수들까지 200여 명이 함께했다. 이 자리에서 대한가수협회 초대 회장으로 선출된 남진은 "오늘은 대한가수협회가 45년 만에 부활한 역사적인 날"이라며 "생전에 협회를 위해 큰 역할을 하셨던 현인 등 선배 가수들에게 이 영광을 돌린다"고 소감을 밝혔다.

"총회 날에는 세대와 장르를 초월한 가수들이 행사장을 가득 메웠어요. 원로 가수들이 소개될 때마다 전부 일어나 환호하며 박수 치는 모습을 보니 정말 가슴이 벅차올랐습니다. 사실 개인 활동이 익숙한 가수들을 이렇게 한자리에 모으는 건 쉽지 않은 일이었어요. 많은 선후배 가수들이 도와주었기에 가능한 일이었죠. 최백호와 신해철, 이효리 등 각 세대를 대표하는 가수들이 큰 도움을 주었습니다."

남진 이후 송대관과 태진아, 김흥국, 이자연 등이 회장직을 이어오면서 대한가수협회는 지금도 대한민국 가수들의 대표 단체로 활발한 활동을 펼치고 있다.

강남스타일에서 BTS까지 케이팝 전성시대

남진이 제2의 전성기를 맞이한 2000년대, 우리 대중음악은 전 세계로 도약했다. 드라마에서 시작된 한류 열풍에 대중음악이 가세한 것이다. 2000년 2월 H.O.T.가 베이징 공연을 성공적으로 마치자 중국 현지 언론들은 일제히 "한류가 중국을 강타했다"는 기사를 내보냈다. 같은 해 8월에 데뷔한 보아는 처음부터 국내를 넘어 '아시아의 별'을 목표로 키워진 스타였다. 이를 위해 초등학교 때부터 노래와 춤은 물론, 영어와 일본어를 완벽하게 구사할 수 있도록 훈련받았다. 일본어 표준 발음을 익히려고 일본 NHK 아나운서 집에서 생활할 정도였다고 한다.

이 모든 것은 기획사의 전폭적인 지원으로 이루어졌다. 보아의 소속사인 SM엔터테인먼트 설립자 이수만은 한 방송 인터뷰에서 "보아는 '30억짜리 프로젝트'였다. 당시 H.O.T.와 S.E.S 등 아이돌을 통해 벌어들인 수익이 대부분 보아에게 투자된 셈이다"라고 말한 바 있다. 이러한 투자는 마침내 성공으로 돌아왔다. 이듬해 발표한 일본 데뷔 앨범이 '일본의 빌보드 차트'라 불리는 오리콘 차트에서 1위를 차지하며 100만 장 이상 팔린 것이다. 이후 보아는 기획사의 의도대로 아시아를 대표하는 스타가 되었다.

보아의 성공 이후 많은 가수와 아이돌 그룹이 일본을 비롯한 아시아 무대로 진출했다. 그리고 2012년 싸이의 '강남스타일'이 미국 빌보드 차트 2위에 오르는 등 우리 대중음악이 주도하는 한류 열풍은 아시아를 넘어 세계로 뻗어갔다.

싸이의 성공을 이어받은 것은 BTS와 블랙핑크였다. 2013년 데뷔한 BTS는 아시아와 미국, 유럽은 물론 중남미와 중동, 아프리카까지 전 세계를 평정한 한류 스타다. 이들은 싸이의 기록을 넘어 빌보드 차트 1위를 차지했으며, 서구 언론으로부터 '21세기 비틀스'라는 찬사를 받기도 했다. 심지어 BTS는 빌보드 역사상 처음으로 한국어로 된 노래로 1위에 오르는 기록을 세웠다.

이제 BTS는 대중음악계를 넘어 전 세계 정치, 경제에까지 영향을 미치는 거물로 성장했다. 이들은 미국 대통령에게 초대받아 백악관을 방문했고, 유엔 총회에 참석해 연설했다. 미국의 CNN 방송은 '한국의 보이밴드가 어떻게 세계적 거물이 되었나'라는 제목의 특집 기사를 내보낼 정도였다. 미국에서 가장 영향력 있는 경제 전문지 〈포브스〉는 BTS의 경제적 효과가 수조 원에 달한다는 기사를 내보냈고,

국제음반산업협회는 〈전 세계 음악 시장 매출 1위는 BTS〉라는 보고서를 내기도 했다.

2016년 데뷔한 블랙핑크는 'BTS의 걸그룹 버전'이라 부를 만하다. 이들은 BTS보다 더 빨리 세계 시장으로 진출해 일본과 미국, 유럽 등에서 큰 성과를 냈다. 블랙핑크는 일본의 오리콘 차트, 미국 빌보드, 영국 UK 차트를 석권했을 뿐 아니라 2020년에는 빌보드 역사상 최초로 '아티스트 100 차트 1위'에 오른 걸그룹이 되었다. 2023년 7월 이들의 유튜브 공식 계정 구독자 수는 전 세계 아티스트 최초로 9천만 명을 돌파하면서 신기록 행진을 이어가고 있다.

BTS와 블랙핑크 그리고 이들의 뒤를 잇는 여러 아티스트 덕분에 이제 우리 음악은 '케이팝(K-pop)'이라는 이름으로 전 세계 대중음악 시장을 선도하게 되었다. 일제강점기에 우리 대중음악의 역사가 시작된 이래 약 100년 만에 이루어낸 기적 같은 성과다.

21세기
트로트 레볼루션

케이팝이 세계 시장으로 뻗어나가는 동안 국내 가요계에도 큰 변화가 일어났다. 그리고 그 변화의 중심에는 '트로트 열풍'이 있었다. 시작은 2003년 장윤정의 데뷔곡 '어머나'였다. 강변가요제에서 대상을 받았던 20대 여가수 장윤정의 트로트 데뷔곡은 그야말로 전국을 강타했다. 경쾌한 음악과 귀여운 스타일이 남녀노소 모두에게 인기를 끌면서 트로트로는 드물게 음악 차트 1위에 오르며, 장윤정은 '트로트계의 아이돌 스타'가 되었다. 이와 함께 1990년대 이후 성인음악으로 불리던 트로트는 전 국민의 사랑을 받게 되었다.

재미있는 건 장윤정을 스타로 만들어준 '어머나'가 여러 가수에게 거절당한 곡이라는 사실이다. 이유는 '가사가 지나치게 가볍다'였다고. 결국 '어머나'는 젊은 신인 가수였던 장윤정에게 갔고, 가벼움 덕

분에 남녀노소 모두에게 사랑받는 노래가 될 수 있었다. '어머나'로 일약 스타에 오른 장윤정은 '짠짜라', '이따, 이따요', '장윤정 트위스트' 등을 잇달아 히트시키면서 인기를 이어갔다. 특히 전국의 행사장을 돌며 막대한 수익을 올리는 것으로 유명해 '행사의 여왕'이라는 타이틀까지 얻었다. 아무리 작은 무대라도 관객과 호흡을 맞추며 최선을 다하는 프로 의식이 한몫했다.

장윤정의 뒤를 이어 젊은 트로트 가수들이 대거 등장하면서 '신세대 트로트' 혹은 '네오 트로트' 바람이 불었다. 네오 트로트란 빠른 템포와 댄스곡 수준의 안무, 신세대 가수를 특징으로 한다. '빠라빠빠', '곤드레만드레', '샤방샤방' 등을 연속으로 히트시키며 전국의 행사까지 누벼서 '남자 장윤정'이란 별명을 얻는 박현빈, 걸그룹 출신으로 '사랑의 배터리'를 히트시킨 홍진영 등이 네오 트로트를 이끌었다. 새로운 트로트에 젊은 세대가 열광하자 이번에는 기존 아이돌 스타들도 트로트를 부르기 시작했다. 오렌지캬라멜의 '마법소녀'와 슈퍼주니어의 '로꾸거!!!', 빅뱅 대성의 '날 봐 귀순' 등이 그랬다. 한동안 주변에 머물던 트로트가 가요계의 중심으로 입성한 것이다.

이렇게 트로트의 인기가 차곡차곡 쌓여가던 2020년, 전국을 트로트 열풍으로 몰고 가는 사건이 벌어진다. 2019년 TV조선의 〈미스트롯〉에 이어 2020년 〈미스터트롯〉이 흥행 대박을 터뜨리면서 트로트는 가요 시장을 주도하는 장르가 되었다. 특히 〈미스터트롯〉은 코로나19 시기 사회적 거리두기로 인해 집안에 갇혀 지내는 시간이 많아진 사람들의 우울함을 달래는 효자 프로그램이 되었다. 최고 시청률

35.7%를 기록하며 KBS의 〈1박2일〉에 이어 역대 두 번째의 예능 시청률을 달성했다. 이 프로그램의 참가자들이 부른 노래는 각종 음원 차트를 휩쓸었으며, 수상자들의 전국 순회 콘서트는 연일 매진을 이어갔다. 이후 방송사마다 비슷한 트로트 프로그램이 쏟아지면서 대한민국은 트로트 열풍에 휩싸였다.

트로트 열풍을 타고 남진 또한 다시 한번 도약했다. 각종 트로트 경연 프로그램에 심사위원이나 멘토로 등장하는 것은 물론, 경연 참가자들에 의해 남진의 수많은 히트곡이 리메이크된 덕분이다. 남진의 역대 히트곡들이 다시 대중의 관심을 끌었고, 경연자들과 함께 무대에 서면서 더욱 친숙한 느낌으로 다가갈 수 있었다.

'나야 나'

남진의 신나는 댄스 트로트 곡이다. '둥지'의 작곡가 차태일의 곡에 수많은 히트곡을 남긴 작사가 양인자가 가사를 붙였다. 2008년 발표되어 제2의 전성기를 이끌어갈 만큼 인기를 끌었다. 이후 2012년 MBC 〈나는 트로트 가수다〉에서 문주란이 자신의 스타일로 부르고, 2020년에는 TV조선 〈미스터트롯〉에서 '리틀 남진'으로 불렸던 김수찬이 리메이크하면서 다시 한번 조명을 받았다. 그는 어릴 적 남진이 방송에 나와 이 노래를 부르는 모습을 보고 트로트를 시작하게 되었다고. 그 뒤로 여러 방송에서 남진이 직접 부르며 '나야 나'는 각종 음원 차트에서 역주행하는 기록을 세우기도 했다.

쉽지 않은 세상을 살아가는 가장들을 응원하는 양인자의 가사는 남진 자신의 이야기이기도 했다. "때로는 깃털처럼 휘날리며, 때로는 먼지처럼 밟히며" 살아왔을지라도 "운명아, 비켜라!" 하고 외치는 모습은 여러 시련을 딛고 제2의 전성기를 맞이한 남진과 어울린다.

by 남진

또한 “나 한 잔, 자네 한 잔 권커니” 하는 가사는 팬들에게 친근하게 다가가는 남진의 모습을 떠올리게 한다. 이런 특성에 힘입어 ‘나야 나’는 또 하나의 대표곡으로 자리잡게 되었다.

15

오빠 아직 살아있다

가수 남진과 인간 남진

2020년 10월 28일, 남진은 SBS 〈트롯신이 떴다〉 공개 방송을 통해 신곡을 발표했다. 제목은 '오빠 아직 살아있다'. 경쾌한 라틴 리듬에 '원조 오빠'의 스웨그를 담았다. 음원보다 먼저 유튜브에 공개된 뮤직비디오에는 설운도, 진성, 홍진영, 윤수현, 류지광, 김수찬 등 '남진 사단'으로 불릴 만한 후배 가수들이 함께했다.

이 노래는 남진의 음악 인생에 여러 가지 '최초' 수식어를 남겼다. 라틴 댄스 리듬의 곡도, 뮤직비디오 촬영도 처음이었다. 이 노래를 만든 어쿠맨도 남진과 처음 작업하는 무명 작곡가였다. 우연한 기회에 만나 노래를 들었는데, 그게 남진의 마음을 움직였다. 마치 예전에 '둥지' 데모 테이프를 처음 들었을 때처럼.

남진은 '오빠 아직 살아있다'를 제대로 부르기 위해 창법도 바꾸고 라틴 댄스도 새로 배웠다. 그의 나이 일흔다섯 살 때의 일이다. 이런 변신이 그를 '영원한 젊은 오빠'로 남게 하는 원동력이다.

가수 남진이 끊임없는 변신을 통해 인기를 유지하고 있다면, 인간 남진은 변함없는 소탈함과 따뜻한 성품을 지녔다. 이것이 오랫동안 그를 알아 온 친구와 선후배, 팬들이 입을 모아 말하는 인간 남진의 매력이다. 그들은 또한 가수 남진이 롱런하는 비결에 대해 "끊임없는 노력을 통해 완벽을 추구하는 프로 정신"이라고 한목소리로 말한다.

프로 중의 프로,
가수 남진

TV조선 〈미스터트롯〉에 출연해 전성기를 맞은 장민호는 지금도 남진을 은인으로 생각한다. 경연 때 남진의 '상사화'를 불러 관객들의 극찬을 받고 트로트 가수로서의 자신감을 회복해 오랜 무명 생활을 청산할 수 있었다. 이후 정동원과 함께 남진의 '파트너'를 불러 다시 한번 대중들의 찬사를 받았다. 장민호는 무명 시절에도 남진의 노래를 많이 불렀다고 한다.

"남진 선생님 노래를 부르면서 옛날 영상들을 다 찾아봤거든요. 근데 무대에서의 카리스마가 예전이나 지금이나 변함없으신 것에 놀랐어요. 관객과의 호흡은 기본이고, 굉장히 다양한 장르를, 거기에 딱 맞는 안무까지 곁들여서 소화하시더라고요. 이렇게 다양한 장르를 완벽하게 소화한다는 게 정말 어려운 일이거든요."

어떻게 그럴 수 있을까. 장민호는 남진과 함께 작업했던 작곡가들의 이야기를 통해 그 비결을 알 수 있었단다.

"작곡가분들께 곡을 받으면 이런저런 도움 말씀을 해주세요. 그때 빠지지 않고 등장하는 분이 남진 선생님이세요. 선생님은 지금도 거의 매일 하루에 대여섯 시간씩 연습하신다는 거예요. '어제도 통화했는데, 다섯 시간 연습했다고 하더라'라는 말씀을 들으면 '아, 그래서 남진 선생님이 지금도 이렇게 완벽한 무대를 보여주시는구나' 하는 생각이 절로 들더라고요."

실제로 남진의 음악 활동을 오랫동안 지켜본 작사가 김동찬은 좀 더 구체적인 이야기를 덧붙였다. '둥지'의 가사를 쓴 김동찬은 남진과는 의형제처럼 가깝게 지내는 사이라고 한다.

"무엇보다 본인의 노력이 가장 크죠. 거기다 음악 작업을 할 때는 완벽을 기울입니다. 노래를 고르는 안목도 아주 높아요. 남진 선배님은 특히 가사를 중요시하는데, 스스로가 노랫말에 공감이 되고 입에 딱 붙는 노래만 선택합니다. 이렇게 고른 노래를 오랫동안 묵혀두는 일도 많아요. 아무리 좋은 노래라도 시대 상황이나 팬들의 요구와 딱 맞아야 하기 때문이에요."

그렇다고 남진이 대중의 취향만을 무작정 따라가는 건 아니다. 남들이 아무리 좋다고 해도 자기 마음에 들지 않으면 절대 안 한다. 내가 좋아하는 노래여야 팬들이 사랑해준다고 믿기 때문이다. 이렇게 선택한 노래는 팬들이 반응이 좀 늦더라고 포기하지 않고 밀어붙인다. 덕분에 '둥지'로 제2의 전성기를 열어갈 수 있었다.

"선곡을 마쳐도 수백 번, 수천 번 불러보고 완전히 자신의 노래가 되어야 녹음에 들어갑니다. 녹음할 때도 서두르지 않고 완벽을 다해요. 부족하다 싶은 부분은 몇십 번이라도 새롭게 보충해서 다시 녹음하죠. 정말 녹음하는 데 돈을 안 아껴요. 요즘은 앨범을 팔아서 돈을 버는 시대도 아닌데 말입니다."

한번은 왜 그렇게까지 노력해서 앨범을 만드는지 물어본 적이 있단다. 컴퓨터 프로그램으로 보충해도 되는데 말이다. 그랬더니 "내가 공장에서 물건을 만들 때 대충 만들고 사람들에게 팔면 사겠나? 물건을 잘 만들었더라도 살까 말까 한 것이 사람 마음이다. 그러니 물건을 팔려면 무엇보다 먼저 물건을 잘 만들어야 한다"는 대답이 돌아왔다고 한다.

느낌은 살리고
자기 관리는 철저히

장윤정과 함께 신세대 트로트를 이끈 박현빈은 가수 남진의 또 다른 강점으로 '느낌'을 꼽았다.

"남진 선배님의 무대는 '노래가 반, 느낌이 반'이에요. 언제나 본인만의 '필'로 노래하시죠. 그래서 무대마다 노래가 달라요. 사람 감정이란 게 언제나 변화하는 것이니까요. 그러니 60년 활동하셨는데도 언제나 새롭고, 덕분에 여전히 사랑받으시는 것 같아요."

박현빈의 말은 남진이 인터뷰에서 말한 내용과도 일치한다.

"지금까지 '님과 함께'를 만 번 이상 불렀을 거예요. 근데 부를 때마다 느낌이 달라요. 오늘 부르는 '님과 함께'는 젊을 때 부른 것과 다를 뿐 아니라, 어제 부른 것하고도 달라요. 이게 참 좋고 멋있다고 생각해요. 그래야 매번 노래할 맛도 나고, 팬들도 늘 새로운 감동을 얻을 수 있으니까요."

가수 남진은 철저한 자기 관리로도 유명하다. 지금까지 담배는 피워본 적도 없고, 술도 거의 안 마신다. 여기에는 소주 한 잔에 취할 정도로 술에 약한 것도 이유가 되었다. '님과 함께'의 작곡가 남국인은 남진의 취한 모습을 본 몇 안 되는 지인 중 한 명이다.

"저랑 같이 녹음실에서 작업을 할 때였어요. '님과 함께' 발표하고 좀 지나서니까 남진 씨가 한창 젊을 때였죠. 저는 그때 술을 좋아했는데, 남진 씨는 술을 거의 안 마셨어요. 어느 날 녹음실에서 저녁을 먹는데, 저는 늘 그렇듯 반주를 마셨어요. 근데 그날따라 남진 씨가 기분이 좋다면서 자기도 한잔하겠다는 거예요. 소주를 한 잔 따라줬더니 한 번에 쭉 들이켜더라고요. 근데 5분도 안 돼서 얼굴이 빨개지고 아주 기분이 좋다면서 술 취한 모습을 보이는 거예요. 정말 딱 소주 한 잔 마셨는데 말이죠. 그 뒤로는 남진 씨 술 마시는 걸 본 적이 없어요."

남진은 술이나 담배에 빠져 지내는 대신 규칙적인 생활과 운동을 통해 젊음을 유지하려고 노력한다. 또한 변화하는 시대를 따라가기 위한 노력도 게을리하지 않는다. 데뷔 때부터 줄곧 의상과 메이크업을 손수 챙기다 21세기에 들어와서 전속 스타일리스트를 둔 것도 변화에 적응하기 위해서였다. 그때부터 지금까지 남진의 전속 스타일리스트로 자리를 지킨 국승채 건국대 예술디자인대학원 교수는 가까이에서 본 남진의 모습을 이렇게 이야기한다.

"선생님을 만난 건 훨씬 오래전부터였어요. 제가 방송국 가요 프로그램 전담 스타일리스트를 할 때였죠. 선생님은 개인 스타일리스트가 없어서 제가 헤어랑 메이크업을 해드렸어요. 그러다 18년쯤 전인가, 선생님이 전담 스타일리스트로 함께하자고 제안해주셨어요. 이때가 제2의 전성기였던 것 같아요. 본격적으로 활동을 하시면서 변화를 원하신 거죠."

국승채는 흔쾌히 수락했지만 한 가지 조건을 달았다. 자신이 스타일링한 헤어나 메이크업을 건드리지 말 것. 이전에 스타일을 바꿔드리면 자기 앞에선 "완전 멋져부러" 하시고는 무대에 서기 전 그냥 다시 쓱쓱 빗어서 이전 스타일로 돌아가곤 했기 때문이다.

"수십 년 동안 자신의 스타일이 있는데, 그걸 하루아침에 바꾸는 게 어디 쉽겠어요. 그래도 선뜻 약속해주시고 잘 따라주셨어요. 그때 정말 선생님은 프로라는 생각이 들었죠. 자신이 아니라 팬들이 좋아하는 스타일을 선택하신 거잖아요. 처음엔 어색하고 마음에 안 드는 점도 있었겠지만, 주변 반응이 좋으니 어느 순간부터는 완전히 믿고 맡기시는 것 같아요."

이 과정에서 재미난 에피소드도 생겼다. 어느 가요 방송 리허설 때였다. 스타일링을 마친 국승채가 방청석에서 모니터링하고 있는데, 옆에 있던 어린 학생들의 이야기가 들렸다.

"한 학생이 옆에 있던 친구에게 '남진 재 몇 살이야?' 하는 거예요. 순간 화딱지가 나서 한마디 하려고 하는데, 그 옆에 있는 친구가 이러더라고요. '아마 마흔 몇 살쯤 되었을걸? 우리 엄마보다 몇 살 많은 것 같아. 엄마가 오빠라고 하더라고.' 그 얘길 들으니까 이 친구들이 너무 예뻐 보이고 안아주고 싶은 거예요. 그날 스타일링은 완전 성공한 셈이었죠."

때로는 노력보다 변하겠다는 결단이 더 힘들 때가 있다. 나이가 들수록 더 그렇다. 자신의 한계를 극복하고, 변화를 결단하고 꾸준히 노력하는 사람을 '프로'라고 할 수 있을 것이다. 가수 남진처럼 말이다.

더 이상 소탈할 수 없다!
인간 남진

"남진 선생님을 처음 만난 건, 제가 아직 무명이었을 때였어요. 울산에서 하는 트로트 방송이었는데, 대기실에 가 보니 선생님이 와 계신 거예요. 와, 너무 신기하고 긴장되는 순간이었어요. 더군다나 그 무렵 저는 무대에서 선생님 노래를 많이 불렀거든요. 엄청나게 긴장해서 인사를 드렸는데, 너무 편하게 대해 주시는 거예요. 흔쾌히 사진도 찍어주시고요."

〈미스터트롯〉에서 남진의 '상사화'를 불러 극찬받았던 장민호는 남진과의 첫 만남을 이렇게 기억했다. 그는 정동원과 함께 남진의 '파트너'를 불러 다시 한번 대중들의 찬사를 받았다. 이후 장민호는 남진과 한 무대에 서기도 했다. 이때도 남진은 늘 한결같이 친근하게 대해주었단다. 소탈한 모습은 무대 위에서도 마찬가지다. 남진의 소속사 정원수 대표가 에피소드 하나를 들려주었다.

“한번은 청주에서 공연하는데 저희 소속사 가수 한 분이 갑자기 몸이 아파 펑크를 냈어요. 정말 급한 상황이라 염치없이 남진 선생님께 전화를 드렸죠. 그때 선생님은 청주에서 꽤 떨어진 곳에서 골프를 치고 계셨어요. 사정 이야기를 들으시더니 ‘응, 알겠다잉’ 딱 한 마디 하시고는 바로 내려오셨어요.”

의상도 없이 급히 내려온 남진은 바로 무대로 올라가서 관객들에게 인사를 했다.

“나가 남진입니다잉~ 우리 후배가 몸이 아파서 못 나온다니까, 오빠가 되가지고 나라도 와야지 우짜겠습니까? 근데 급하게 오느라 옷도 제대로 못 입고 왔는데, 쪼까 이해해주쇼. 자, 그럼 지금부터 신나게 노래해버릴랍니다~”

무대 아래 관객들이 열광한 것은 두말할 나위 없었다. 남진이란 슈퍼스타가 새까만 후배의 공연 펑크를 대신해 급히 왔다니 감동이 배가한 것이었다. 당연히 공연은 성공적으로 마무리되었고, 남진은 돌아가면서 어떤 공치사도 없이 “수고했다잉” 한 마디만 남겼단다. 그런데 가끔은 남진의 이런 소탈하고 남을 배려하는 태도 때문에 소속사 대표로서 속상할 때도 있다.

“정말 남진 선생님이 서기에는 너무 초라한 무대, 이미지에 도움이 안 되는 일도 아는 사람이 부탁하면 거절을 안 하세요. 제가 뭐라고 말씀을 드려도 ‘아따 하자잉~ 해주고 가자고. 오죽하면 저 친구가 이런 걸 만들었겠냐. 내가 안 해주고 가면 저 친구가 뭐가 되겠냐. 하고 가자. 내가 조금 힘들면 되지' 하시고는 기꺼이 무대에 오르곤 합니다. 이럴 때면 기획사 대표로서는 속상하지만, 후배로서는 남진 선생님을 더욱 존경하게 되죠."

다른 이를 먼저 생각하는 남진의 소탈한 모습은 분장실에서도 마찬가지다. 스타일리스트 국승채는 남진의 분장실 풍경을 이렇게 묘사한다.

"남진 선생님 분장은 언제나 결혼식 날 혼주 메이크업을 하는 것 같아요. 정말 온갖 손님들이 분장실에 몰려서 도떼기시장이 따로 없거든요. 어쩜 그리 많은 팬들이 분장실을 잘 찾아오시던지…. 이건 미국이나 일본 공연 때도 마찬가지예요. 그러니 눈썹 그리다 말고 '어이, 자네 왔는가?' 한 번, 머리 만지다가 '아이고, 오랜만이네' 또 한 번, 제가 정말 편안하게 메이크업을 해본 적이 없을 정도예요."

섬세한 배려,
남을 위한 의협심

남진의 따뜻한 배려는 가요계 선배들도 예외가 아니다. 아니, 어려서부터 부모의 가정교육과 선후배 관계가 깍듯한 지역의 특성 덕분에 선배들에게는 더욱 잘한다. 남진이 잘하니 선배들의 남진 사랑도 각별하다. 2021년 여든넷의 나이로 〈복면가왕〉에 출연해 3연속 우승을 차지하며 '최고령 가왕' 기록을 세운 쟈니리는 남진을 "내가 죽으면 가장 먼저 달려올 후배"라고 말한다.

"나는 남진 씨가 '가슴 아프게'로 인기를 끌 무렵에 처음 봤어요. 당시 부산에서 박춘석 선배님 공연을 하는데 한 무대에 섰죠. 얼굴이 잘생겼는데, 아주 이국적이고 야성적인 분위기였던 게 기억이 나네요. 선배들한테 아주 깍듯했고요. 근데 조금 친해지고 나니까 사람이 너무 부드럽고 섬세한 거예요. 선배들도 살뜰하게 챙겨주고요.

요즘도 저한테 전화나 문자를 자주 합니다. 방송 나갈 일 있으면 날 불러서 같이 가는 경우도 많아요. 이게 벌써 수십 년째니, 후배지만 참 존경스러워요."

남진보다 한 살 많은 탤런트 백일섭은 고향이 가까워서 친해졌다고 한다.

"저는 고향이 여수고 남진 씨는 목포거든요. 근데 예전에는 고향이 전라도라는 걸 좀 숨기는 분위기였어요. 남진 씨야 그때나 지금이나 전라도 사투리를 거침없이 썼고, 저도 고향이 전라도라는 걸 굳이 숨기지 않았으니 바로 친해졌죠. 남진 씨랑 한 살 차이인데, 칠십이 훨씬 넘은 지금도 깍듯하게 존댓말을 써요. 이젠 좀 편하게 말하라고 해도 듣지를 않아. 참 한결같은 사람이에요."

남진의 거침없는 성격과 남을 먼저 배려하는 마음은 다른 사람들을 위해 앞장서는 행동으로 이어지기도 했다. 동갑내기 친구 가수 김광진은 남진을 '의협심의 사나이'로 기억한다.

"남진이랑 알고 지낸 건 더 오래되었지만, 친해진 건 1970년대 연예협회 가수분과위원장을 할 때였어요. 이때 그 친구가 협회 일을 참 많이 도와주었죠. 지금 생각해도 참 고마워요. 당시 남진이야 최고의 인기 스타 아니었습니까. 협회 일을 할 시간이 없을 정도로 바빴을 텐데도, 다른 가수들을 돕겠다면서 발 벗고 나선 거였어요. 제 뒤를 이어서 가수분과위원장을 할 때는 원로 가수들을 잘 보살펴드렸습니다. 거기다 가수협회까지 만들어 초대 회장을 지냈으니, 저보다 훨씬 더 가요계를 위해 많은 일을 한 셈이죠."

이렇게 앞장서서 나가다 보면 자칫 '꼰대' 소리를 듣는 일도 생기지 않을까. 〈미스트롯〉을 통해 개그우먼에서 가수로 활동 영역을 넓힌 김나희는 그렇지 않다고 말한다.

"남진 선생님이랑 같이 방송 출연을 한 적이 있어요. 하루 종일 촬영이 이어져서 이것저것 말씀 나눌 기회가 많았는데, 참 자상한 분이란 느낌을 받았어요. 분명 저랑 40년 이상 나이 차이가 나는데, 세대 차이도 거의 느낄 수 없었고요. 이유를 곰곰이 생각해보니까, 선생님은 가르치려고 하는 게 아니라 알려주세요. 가르치는 건 다른 사람의 입장이나 처지를 고려 안 하고 '내 말이 맞으니까 내 말대로 해!'라고 하는 건데, 남진 선생님은 후배들을 세심히 관찰하고 난 다음에 거기 맞는 걸 제안해주세요. 이건 관심과 애정이 있어야 가능한 거거든요. 그러니 무슨 말씀을 하셔도 고개가 끄덕여지더라고요."

남진과 듀엣으로 '사치기 사치기'를 부른 신세대 트로트 가수 윤수현은 "여성 트로트 가수로서의 롤모델은 장윤정, 인생 롤모델은 남진"이라고 이야기했다.

'하늘의 별'에서 '영원한 오빠'로

사실 남진에 대해서는 누구보다 팬들이 잘 알고 있다. 오랜 팬들일수록 특히 더 그렇다. 중학교 때부터 지금까지 50여 년을 '남진 오빠'의 팬으로 살고 있다는 김화자 씨는 가수 남진과 인간 남진이 어떻게 다르냐는 질문에 이렇게 대답했다.

"가수 남진은 너무나 프로답고, 인간 남진은 너무나 소탈해요. 사실 우리도 예전에는 이렇게까지 잘 몰랐어요. 그때는 오빠 인기가 정말 하늘을 찌르고 너무나 바빴기 때문에 우리가 오빠의 인간적인 모습까지 자세히 알 수는 없었거든요. 근데 '둥지'로 돌아온 오빠는 훨씬 더 가까워진 느낌이에요. 이제는 대기실로 찾아가도 반갑게 맞아주시고, 너무나 친근한 분이 된 거예요. 예전에 오빠가 하늘에 떠 있는 별이었다면 지금은 진짜 친근한 우리 오빠가 된 거죠."

남진의 팬들은 공연 때마다 먹을 걸 바리바리 싸 들고 오는 것으로 유명하다. 그중에는 20년째 남진의 공연 때마다 '한정식 조공'을 하는 '찐팬'도 있다. 그는 가구점을 하다가 큰불이 났는데, 남진이 금전적으로 큰 도움을 주었다고 한다. 그때부터 정성으로 밥상을 차려서 남진의 공연 때마다 전국 어디나 찾아간다는 것이다.

남진 팬들이 음식에 들이는 정성은 상상을 초월한다. '우리 오빠'가 먹을 음식이니 모든 것을 자신이 직접 만드는 것은 기본이고, 고추가 필요하면 고추 농사를 짓고, 국에 넣을 다슬기도 직접 잡는 식이다. 이런 '음식 조공'은 남진뿐 아니라 그의 음악 활동을 돕고 있는 스태프들을 향하기도 한다. 남진의 스타일리스트 국승채도 그중 한 명이다.

"처음부터 제가 이모님들(남진의 팬들)께 음식을 받은 건 아니에요. 오히려 분장실에 음식이 가득해도 남진 선생님만 챙길 뿐 저한테는 먹어보란 소리도 안 해도 살짝 삐지기도 했죠. 하지만 어느 순간 '남진 선생님을 젊게 만들어준 고마운 사람'으로 알려지면서 김치며 다른 반찬까지 싸 주시는 거예요. 덕분에 김장 안 한 지 오래되었습니다(웃음)."

하지만 스태프에 대한 음식 조공은 결코 공짜가 아니다. 조금이라도 남진에게 소홀하다 싶으면 바로 어필이 들어온다.

"가끔은 제가 남진 선생님이랑 스케줄이 안 맞아 직원을 보낼 때가 있어요. 그러면 이모님들이 정말 득달같이 전화하세요. 때로는 이전 모습이랑 비교 사진을 찍어 보내면서 '이러니 교수님이 와야겠어요, 안 와야겠어요?' 하는 협박(?) 문자까지 보내기도 해요. 그러니 신경을 더 쓸 수밖에 없죠."

팬들의 전방위적 지극정성은 남진이 지금까지 활발하게 활동할 수 있는 원천이다. 하지만 이런 관계는 결코 일방적인 사랑이 아니다. 남진 또한 팬들에게 사랑과 정성을 다하는 것이다. 소속사 정원수 대표는 짧지 않은 공백기를 거친 후 남진이 다시 한번 팬들과 만나 제2의 전성기를 맞게 되는 과정을 이렇게 설명한다.

"어찌 보면 팬들이 남진을 기다려준 것이 아니라, 남진이 팬들을 기다린 것이라고도 볼 수 있어요. 초창기 선생님 팬들이 대부분 젊은 여성이었던 것을 고려하면, 공백기는 이들의 결혼과 육아 기간이랑 겹치거든요. '둥지'부터 시작하는 제2의 전성기는 팬들이 아이도 다 키워놓고 여유를 다시 찾게 된 때라고 볼 수 있죠. 저는 그 기간에 남진 선생님이 팬들을 기다리면서 버티고 있었다고 봅니다. 마냥 기다리고만 있었던 게 아니에요. 큰 무대, 작은 무대를 가리지 않고 전국 구석구석을 돌면서 옛날 팬들을 다시 불러 모은 거예요. 덕분에 이렇게 뜨거운 팬들의 사랑을 다시 받게 된 거고요."

'오빠 아직 살아있다'

남진이 2020년 발표한 신곡. 작곡가 겸 제작자인 어쿠맨이 오직 남진만을 생각하며 만든 노래다. "오빠 아직 살아있다/ 나 아직 살아있어/ 은빛 정열의 사나이"로 시작하는 가사는 '영원한 오빠' 남진의 자전적 스토리로 들린다. 후배의 소개로 어쿠맨을 처음 만난 남진은 이 노래를 듣는 순간 "가사가 마치 자신의 마음속에 감춰진 이야기를 끄집어내는 듯한 느낌"이 들었다고 한다. 지금까지 한 번도 시도해 보지 않은 라틴 댄스 리듬도 남진의 마음에 쏙 들었다. 여기에 한 번 들으면 귀에 착 감기는 멜로디까지 더해 각종 음원 사이트에서 큰 인기를 끌었다.

새로운 스타일의 노래를 부르기 위해 남진은 지금까지와는 다른 창법과 춤까지 연습했다고 한다. 음악 스타일뿐 아니라 신곡을 발표하는 방식 또한 지금까지와는 달랐다. 요즘 젊은 가수들처럼 활동 중 방송을 통해 처음 음원을 공개한 것이다. 거기다 후배 가수들이

by 남진

대거 등장하는 뮤직비디오를 제작해 유튜브에 올리고, SBS 〈컬투쇼〉 등 인기 프로그램에 출연해 대중과 먼저 소통했다. 이런 활동을 통해 '데뷔 56년 차' 남진의 신곡은 다시 한번 인기를 이어갔다.

에필로그

남진의 마지막 무대는…

데뷔 60년.

1960년대에 시작해 21세기까지 이어지는 남진의 음악 인생은 우리 가요사와 그대로 겹친다. 가수 남진에 대한 다큐멘터리를 제작하는 과정은 대한민국 대중음악사를 탐구하는 일이기도 했다. 거기에는 해방과 전쟁, 주한미군과 월남전 파병, 경제 성장과 이촌향도, 독재와 민주화라는 우리 현대사의 명암도 담겨 있었다. 일제강점기에 태어난 우리 대중음악은 해방 이후 부침을 겪으면서도 꾸준히 성장해 21세기 한류의 시대를 열었다.

해방둥이로 태어난 남진은 대한민국의 경제 성장기에 전성기를 누리다가 방송 통폐합 등 독재 정권의 대중문화 탄압기에 슬럼프를 겪고, 21세기에 화려하게 부활해 '제2의 전성기'를 이어가고 있다. 남진의 음악 인생에는 개인의 노력뿐 아니라 인연과 행운이 함께했다. 거기에는 남진을 낳고 길러주신 부모님이 있었고, 그를 음악으로 이끈 다양한 인연들이 있었으며, 지금도 변함없이 곁을 지켜주는 팬들이 있었다.

"시간이 갈수록 음악은 내 인생의 전부인 것 같아요. 예전에도 음악을 좋아하긴 했지만, 너무 바빠서 절반쯤만 몸을 담갔다면, 지금은 노랫말 한 소절 한 소절에 몸 전체를 푹 담그고 싶어요. 그래야 후회 없이 떠날 수 있을 것 같아요."

2024년 팔순을 맞이한 남진은 가끔 자신의 마지막 무대를 생각한다. 팬들이 있는 한 죽기 전까지 무대에 서고 싶지만, 몇 시간 동안 무대에 서서 노래하며 춤을 추는 건 언제까지나 할 수 있는 일이 아니기 때문이다.

"언젠가는 마지막 공연을 하게 되겠죠. 그 공연은 제가 좋아하는 후배들과 마무리할 수 있으면 좋겠어요. 그리고 팬들의 사랑 속에서, 따뜻한 무대로 꾸미고 싶어요."

하지만 아직은 그때가 아니다. 남진과 함께 무대에 섰던 후배들은 지금도 무대를 휘어잡는 카리스마와 넘치는 에너지를 증언한다. 남진의 무대는 계속될 것이다. 그와 함께 우리 대중음악 전성기도 지속될 것이다.

주(참고 문헌)

1. 오빠는 풍각쟁이 – 한국 대중음악의 태동

1 김창남 엮음, 『대중음악의 이해』, 한울아카데미, 2012, 240~241쪽
2 장유정 · 서병기, 『한국대중음악사 개론』, 성안당, 2015, 67~71쪽
3 송지원 외, 『음악, 삶의 역사를 만나다』, 국사편찬위원회, 2011, 224~225쪽
4 송지원 외, 『음악, 삶의 역사를 만나다』, 국사편찬위원회, 2011, 255쪽
5 이영미, 『한국대중가요사』, 민속원, 2006, 99쪽
6 박찬호, 『한국가요사1』, 미지북스, 2009, 259~263쪽
7 매일신보, 1937.4.13.
8 박찬호, 『한국가요사1』, 미지북스, 2009, 251쪽
9 남예지, 〈1930년대 우리나라 재즈송에 관한 연구〉, 중앙대학교, 2015, 27쪽
10 전은진, 〈일제강점기 만요의 음악적 특징과 재해석된 작품 연구〉, 경희대학교, 2017, 15쪽
11 장유정, 『트로트가 무어냐고 물으신다면』, 따비, 2021, 83~84쪽
12 장유정, 『트로트가 무어냐고 물으신다면』, 따비, 2021, 25~27쪽

2. 목포의 눈물 – 해방둥이 김남진, 목포에서 태어나다

13 1930년대는 콜럼비아, 빅타, 오케, 태평, 포리돌, 시에론 등 6대 음반 회사가 서로 경쟁하면서 우리 대중음악 시장을 주도했다.
14 일본에선 서양 음악을 수용하는 과정에서 보통의 7음계 중 레와 솔을 뺀 '요나누키 음계'가 성립하는데, 이것이 트로트에 영향을 주었다. 또한 트로트의 2박자는 '뽕짝'이란 별명을 낳기도 했다.
15 [모던 경성] 90년 전 진주 출신 작곡가가 쓴 이 노래, '호남의 상징'이 되다 / 조선일보, 2023.03.18.
16 박찬호, 『한국가요사1』, 미지북스, 2009, 595쪽
17 김형찬, 『한국대중음악사 산책』, 알마, 2015, 22~23쪽

18 6 · 25전쟁 66돌, 참전 연예인 이야기 / 중앙일보, 2016.06.25.
19 한국전쟁과 대중음악의 분단 / 한겨레신문, 2005.06.01.

3. 오! 캐롤 – '미8군 쇼'에 빠진 부잣집 도련님

20 이영미, 『한국대중가요사』, 민속원, 2006, 154쪽
21 강준만, 『한국현대사 산책: 1950년대 편 1』, 인물과사상사, 2004, 106쪽
22 김학재 외, 『한국현대생활문화사: 1950년대』, 창비, 2016, 159쪽
23 [최성규의 LP 이야기] 1950년대까지 거슬러 올라가는 빽판의 역사 / 서울&
https://www.seouland.com/arti/culture/culture_general/4038.html
24 신현준 · 최지선, 『한국팝의 고고학: 1960 탄생과 혁명』, 을유문화사, 2022, 35쪽
25 김형찬, 『한국대중음악사 산책』, 알마, 2015, 45쪽
26 김형찬, 『한국대중음악사 산책』, 알마, 2015, 80~83쪽

4. 서울 푸레이보이 – '가수 남진'의 데뷔

27 5 · 16을 일으킨 군사정권은 열흘도 안 되어 댄스홀을 습격해 춤을 추던 남녀 수십 명을 체포했다. 이는 '깡패들의 참회 행진'과 같은 맥락에서 추진된, 민심을 얻기 위한 포퓰리즘 정책이었다.
강준만, 『한국현대사 산책: 1960년대 편 1』, 인물과사상사, 2004, 13~16쪽
28 신현준 · 최지선, 『한국팝의 고고학: 1960 탄생과 혁명』, 을유문화사, 2022, 91~93쪽

5. 연애 0번지 – 최초의 히트곡, 최초의 금지곡

29 남진과 나훈아 등이 전속 가수에 합류하면서 오아시스레코드는 1970년대 지구레코드와 함께 양강 체제를 이루었다.
30 작사가 겸 작곡가. 남진의 '울려고 내가 왔나', 임희숙의 '진정 난 몰랐네', 박일남의 '정 주고 내가 우네' 등의 가사를 썼다. 또한 김수희의 '잃어버린 정', 와일드캐츠의 '십오야', 문성재의 '부산갈매기' 등은 작사, 작곡을 도맡기도 했다.
31 쿠바의 민속 춤곡. 19세기 초에 아프리카계 주민들 사이에서 발생한 것으로 활기차고 빠른 4분의 2 박자의 리듬에 마라카스 따위의 타악기를 사용하는 것이 특징

이다.

32 당시에는 이렇게 가수가 아닌 작곡가의 작품집을 앨범으로 내는 일이 흔했다. '노란 샤쓰의 사나이'가 담긴 앨범은 작곡가 손석우 작품집이었고, 재킷에는 한명숙이 아니라 손석우의 얼굴이 담겨 있었다.

김형찬, 『한국대중음악사 산책』, 알마, 2015, 80~83쪽

33 [박성서 칼럼] 작곡 생활 58년, 로맨티스트 작곡가 김영광 스토리 / 뉴스메이커, 2021.4.10.

34 몬옥배, 〈해방 이후 정부의 음악통제 연구〉, 음악논단 22집, 한양대학교 음악연구소, 2008

6. 울려고 내가 왔나 – '인기 가수 남진'의 탄생

35 지표로 본 서울 변천 2003 / 서울연구원, 서울연구데이터서비스 홈페이지 https://data.si.re.kr

36 장유정, 『트로트가 무어냐고 물으신다면』, 따비, 2021, 173쪽

37 신현준 · 최지선, 『한국팝의 고고학: 1960 탄생과 혁명』, 을유문화사, 2022, 242쪽

7. 가슴 아프게 – 인기 가수에서 톱스타로

38 박찬호, 『한국가요사2』, 미지북스, 2009, 423쪽

39 이영훈, 『그 노래는 왜 금지곡이 되었을까?』, 휴엔스토리, 2021, 193쪽

8. Good Morning Vietnam – 월남으로 파병된 '한국의 엘비스'

40 원조 오빠부대의 주인공, 그 영원한 오빠 / 뉴스메이커, 2010.12.07.

41 복무이탈 연예인 10명 전원 파월청룡부대로 전출 / 매일경제신문, 1969.07.17.

42 원조 오빠부대의 주인공, 그 영원한 오빠 / 뉴스메이커, 2010.12.07.

43 미 육군 문서에 기록된 엘비스의 군 생활 / 조선일보, 2017.08.15.

44 신현준 · 최지선, 『한국팝의 고고학: 1960 탄생과 혁명』, 을유문화사, 2022, 231쪽

45 신현준 · 최지선, 『한국팝의 고고학: 1960 탄생과 혁명』, 을유문화사, 2022, 171~172쪽

46 쟈니 브라더스는 5 · 16쿠데타 직후 김종필이 직접 결성을 지시한 예그린합창단

출신들이 만들었다.

'빨간 마후라' 부르며 돌아온 쟈니 브라더스 / 조선일보, 2008.11.23.

47 한국대중음악 100년의 기록 / 벅스뮤직, 2015.11.04.

48 박태균, 『베트남전쟁』, 한겨레출판, 2015, 256쪽

9. 님과 함께 – 대한민국 원조 '오빠 부대'의 탄생

49 월남전 참전 50억불 외화수업 효과 / 조선일보, 2005.08.26

50 [박성서의 대중음악 평론] 남진 vs. 나훈아, 나훈아 vs. 남진 라이벌전(3) / 뉴스메이커, 2011.03.03.

51 나의 현대사 보물(23), 가수 남진 / 조선일보, 2023.10.10.

52 김형찬의 대중음악 이야기(6) 쇼 프로그램의 개척자 '쇼쇼쇼' / 국제신문, 2016.02.15.

10. 두 개의 태양 – 남진 vs 나훈아

53 오효진의 인간탐험: 가장 비싼 가수 나훈아 / 월간조선, 2002년 1월호

54 임진모, 『가수를 말하다』, 빅하우스, 2012, 34쪽

55 나 · 남 트로트 전쟁 15년 / 월간중앙, 2009년 12월호

56 [박성서의 대중음악 평론] 남진 vs. 나훈아, 나훈아 vs. 남진 라이벌전(3) / 뉴스메이커, 2011.03.03.

57 나 · 남 트로트 전쟁 15년 / 월간중앙, 2009년 12월호

58 [박성서의 대중음악 평론] 남진 vs. 나훈아, 나훈아 vs. 남진 라이벌전(5) / 뉴스메이커, 2011.06.02.

59 [박성서의 대중음악 평론] 남진 vs. 나훈아, 나훈아 vs. 남진 라이벌전(4)' / 뉴스메이커, 2011.03.31.

60 작사가 정두수의 가요 따라 삼천리 감성의 신 남인수, 가요계의 신사 현인 '서바이벌 게임' / 문화일보, 2012.04.10.

61 [박성서의 대중음악 평론] 남진 vs. 나훈아, 나훈아 vs. 남진 라이벌전(2) / 뉴스메이커, 2011.01.31.

62 임진모, 『가수를 말하다』, 빅하우스, 2012, 32~33쪽

11. 음악이 멈추고 – 미국행과 방송 통폐합

63 방송가요대상 포크 계열 부각 / 경향신문, 1974.09.26.

64 한홍구, 『유신』, 한겨레출판, 2014, 97쪽

65 신현준 · 최지선, 『한국팝의 고고학: 1970 절정과 분화』, 을유문화사, 2022, 254쪽

66 대마초 파동 30년, 청년문화 '해피 스모크'에 데다 / 한겨레신문, 2005.11.30.

67 신중현 "대마초 파동에 물고문–정신병원 감금" 고백 / 스포츠조선, 2012.11.26.

68 윤복희, 남진과 이혼한 이유는? / 아주경제, 2019.08.27.

12. 빈잔 – 조용필의 등장과 남진의 낙향

69 횟칼 협박에 납치까지… 연예계에 드리운 검은 그림자 / 경향신문, 2020.01.20.

70 가요계 "비리, 폭력 근절" 한목소리 / 한겨레신문, 1989.11.10.

71 장유정, 『트로트가 무어냐고 물으신다면』, 따비, 2021, 220쪽

13. 둥지 – '남진 오빠'의 화려한 부활

72 [이 주의 역사] 금지곡 186곡 해금(1987. 8. 18) 외 / 부산일보, 2009.08.18.

73 [박성서 칼럼] 작곡가 겸 세계적인 테너색소폰 연주자 길옥윤의 삶과 사랑 / 뉴스메이커, 2019.11.08

74 서민들 고단함 달랜 '국민가요 큰별' / 한겨레신문, 2010.03.14.

75 장유정 · 서병기, 『한국대중음악사 개론』, 성안당, 2015, 342~343쪽

76 장유정, 『트로트가 무어냐고 물으신다면』, 따비, 2021, 249쪽

학력

목포북국민학교(지금의 목포북교초등학교) 졸업

목포중학교 졸업

목포고등학교 졸업

서라벌예술초급대학 미술학과 1학년 중퇴

한양대학교 연극영화학과 학사

음반(정규)

2012년 20집 《뽀뽀/ 이력서》

2009년 19집 《님 오신 목포항/ 내 마음 모르리라》

2008년 18집 《나야 나/ 바람의 여인》

2005년 17집 《저리가/ 사랑의 퍼레이드》

2002년 16집 《모르리/ 옛사랑》

2000년 15집 《둥지/ 고개숙인 남자》

1992년 14집 《바다/ 사랑은 어디에》

1987년 13집 《내가 나를/ 가시려나 그대여》

1984년 12집 《사나이라면/ 화끈해야죠》

1982년 11집 《빈잔/ 정 때문에》

1979년 10집 《사나이기에/ 만나야해》

1977년 9집 《형/ 기다려야지》

1976년 8집 《너의 고운 마음씨/ 오늘은 기분이 좋은 가봐》

1976년 7집 《어머님 사랑/ 너와는 바꿀 수 없어/ 우수》

1976년 6집 《떠나면 되지/ 어머님》

1973년 5집 《그대여 변치마오/ 그 소녀 이슬비》

1972년 4집 《아랫마을 이쁜이/ 목화 아가씨/님과 함께》

1971년 3집 《마음이 약해서/ 지금은 헤어져도》

1967년 2집 《가슴 아프게/ 울려고 내가 왔나》

1965년 1집 《서울 플레이보이/ 연애 0번지》

영화(출연작)

2003년 《대한민국 헌법 제1조》 - 베드로 역, 1975년 《가수왕》 - 남준 역

1974년 《지구여 멈춰라 내리고 싶다》 - 남진, 릴리시스터즈, 박상규

1974년 《애정이 꽃피는 계절》 - 남영진 역, 1974년 《숙녀 초년생》

1974년 《서로 좋아해》, 1974년 《그대여 변치 마오》, 1973년 《흑조》 - 동훈 역

1973년 《언제나 님과 함께》, 1973년 《어머님 용서하세요》

1973년 《어머님 생전에》, 1973년 《항구의 등불》 - 상진 역

1973년 《세노야 세노야》 - 부배 역, 1973년 《산녀》, 1973년 《부》

1973년 《두 형제》, 1973년 《동반자》, 1972년 《친구》, 1972년 《이별의 길》

1972년 《어머님 울지 마세요》, 1972년 《어머니 왜 저를 낳으셨나요》

1972년《모정》, 1971년《포상금》, 1971년《어머님 전상서》
1971년《아내여 미안하다》, 1971년《기러기 남매》, 1970년《유정무정》
1969년《시아버지》, 1969년《흑산도 아가씨》, 1969년《항구 8번가》
1969년《푸른사과》, 1969년《청춘》, 1969년《장미의 성》, 1969년《십오야》
1969년《억울하면 출세하라》, 1969년《아무리 사랑해도》, 1969년《명동 삼총사》
1969년《심야의 대결》, 1969년《소문난 아가씨들》, 1969년《사랑하고 있어요》
1969년《사랑이라는 것은》, 1969년《벽 속의 여자》, 1969년《물망초》 - 조연
1969년《눈물의 여인》, 1969년《미워도 다시 한번 2》 - 음악 부문
1968년《처녀의 조건》, 1968년《지금 그 사람은》, 1968년《저 언덕을 넘어서》
1968년《5인의 자객》, 1968년《울고 넘는 박달재》, 1968년《별아 내 가슴에》
1968년《미니 아가씨》, 1968년《밤하늘의 트럼펫》, 1968년《미로》
1968년《멋쟁이 아가씨들》, 1968년《괴담》, 1968년《고향무정》
1968년《가요 반세기》, 1968년《수전시대》, 1967년《형수》
1967년《울려고 내가 왔나》, 1967년《사랑은 파도를 타고》
1967년《그리움은 가슴마다》 - 허진 역, 1967년《가슴 아프게》 - 성진 역

방송

2018년《수미네 반찬》, 2020년《트롯신이 떴다》,
2020년《내일은 미스터트롯》, 2020년《트롯 전국체전》
2023년 MBN《현역가왕》

수상

1967년 MBC 방송 신인상, 1968년 MBC 10대 가수상
1969년 TBC 방송가요 남자 가수상 대상
1971년 MBC 10대 가수왕상, 한국 무대 예술상 그랑프리대상 수상
TBC 방송가요 남자 가수상 대상
1972년 MBC 10대 가수왕상,최고인기가요상
1973년 MBC 10대 가수왕상, MBC 방송국10대 가수 선정 가수왕
TBC 방송가요 남자 가수상 대상
1975년 MBC 10대 가수 가요제 본상 수상
2000년 KBS 가요대상 공로상 수상
2007년 제22회 골든디스크상 공로상 수상
2012년 제11회 대한민국 전통가요대상 공로대상
2017년 제8회 대한민국 대중문화예술상 은관문화훈장 표창
2019년 JTBC 방송가요 대상
2020년 제1회 트롯어워즈 트롯100년 가왕상
2020년 제1회 트롯어워즈 공로상
2024년 제33회 하이원 서울가요대상 공로상